KB266529

10문장 감성 에세이 101

10행시 감성 에세이 101

# 열, 마음을 쓰다

김남원 지음

# 목 차

〈10문장 감성 에세이 101〉

# 기억의 온도


프롤로그  11

1. 남원에 사는 남원이　12
2. 엄마의 초등학교 졸업사진　14
3. 세상에서 가장 기분 좋은 냄새　15
4. 언제까지나 자장면!　17
5. 짬뽕과 영어책　19
6. '완벽한 문장'의 주인공　20
7. 비 오는 날 우산　22
8. 가장 아름다운 영어단어　23
9. 편견을 삼켜버린 고래　25
10. 삐삐와 스마트폰　27
11. 첫사랑, 전화기 너머의 그 떨림　29
12. 우산은 가고, 잔소리는 남고　31
13. 꾸중물 사총사　32
14. 머피의 법칙, 그 역설과 깨달음　34
15. 안경 맞추다가 새로 본 세상　36

16. 이마트 할머니　38
17. 나도, 우리도 그 어르신들처럼　39
18. 내가 나를, 내가 나에게　40
19. 당구, 그 치명적인 매력　41
20. 웃는지 우는지　42
21. 역시, 세상은　43
22. 원수는 몰라도 은혜만은 꼭 갚자!　44
23. '아름답다'와 '기뻐하다'　45
24. 적당함 그리고 과함　46
25. '해 뜰 무렵'과 '해 질 무렵'　47
26. 하늘을 우러러 한 점 부러움 없이　48
27. 사람은 '절대 이해' 대상　49
28. 숙종과 갈처사의 만남　50
29. 친구 어머니의 부고　52
30. 가장 못 하고, 싫어하는 두 가지　53

31. 진짜 좋은 것과 가짜 좋은 것 … 54

32. 그 약 말고는 치료제가 없다 … 55

33. 사람도, 시간도, 기억도 … 56

34. "꼬꼬댁~! 꼬꼬꼬~!" … 57

35. 그 노래와 향기가 나를 … 58

36. 경청, 소통의 시작! … 60

37. 동굴과 터널의 차이 … 61

38. 떡의 미학 … 62

39. 빵, 영혼의 구원자 … 63

40. 드라마 〈전원일기〉 역주행 … 65

41. '나는 자연인이다' 인기 비결 … 66

42. 국밥의 철학 … 67

43. 라면은 눈물의 역사 … 69

44. 내가 매일 '이불킥' 하는 이유 … 70

45. 생각한 대로 VS 걱정한 대로 … 72

46. 그가 계속 이름을 묻는 이유 … 73

47. 교사라는 직업의 위대함 … 74

48. 끔찍했던 'IQ 검사' … 76

49. 산, 틀림없는 인생의 교과서 … 77

50. 정든반점 아주머니 … 78

51. 경양식 돈가스집에서 … 79

52. 그분과 만남이 나를 … 80

53. 만 보 걷기, 삶의 보석을 줍다 … 81

54. 내 손길이 할머니 손길처럼 … 83

55. 틀린 게 아니라 다름! … 84

56. 전국노래자랑의 눈물 … 85

57. '안동역 10년'의 약속 … 86

58. 부시맨과 콜라병 … 88

59. 엄마의 말에는 늘 … 89

60. 둥근 지구, 돌고 도는 인생 … 90

| | |
|---|---|
| 61. 아버지의 잘못 걸린 전화 | 91 |
| 62. 눈은 게으르고, 손은 부지런하다 | 93 |
| 63. 그래서 평소에 잘해야 한다 | 95 |
| 64. 행복은 말과 행동이 만든다 | 97 |
| 65. 그냥, 그 말에 담긴 진심 | 98 |
| 66. 그런데 나는? | 99 |
| 67. "20년째, 이별 중입니다" | 100 |
| 68. 자녀는 집에 온 귀한 손님 | 101 |
| 69. 엄마의 '행복한 질투' | 102 |
| 70. 미움의 반대말은 이해 | 103 |
| 71. 할머니가 주신 선물 | 104 |
| 72. '화(火)'끈한 사나이 | 105 |
| 73. 그 장면이 인생의 버팀목 | 106 |
| 74. 반딧불과 별똥별 | 107 |
| 75. 사랑, 그리고 싸움 | 108 |
| 76. 메이커 운동화 | 109 |
| 77. 자전거 배우는 것처럼 | 111 |
| 78. 기분 좋은 실랑이 | 112 |
| 79. 남들은 모르는 신호 | 113 |
| 80. 가게에서 파는 전 VS 집에서 만든 전 | 114 |
| 81. 이 새벽의 "뭐해?" | 115 |
| 82. 별걸 다 기억하는 남자 | 116 |
| 83. '판관 포청천'이 그리운 이유 | 118 |
| 84. 그 말 한마디면 된다! | 119 |
| 85. 가벼움 그리고 무거움 | 120 |
| 86. 그때는, 지금은 | 121 |
| 87. 나에게 보내는 세 가지 인사 | 122 |
| 88. 끝내 전하지 못한 말 | 123 |
| 89. 그냥 들어줘 | 124 |
| 90. 그날, 가을 아침 | 125 |
| 91. 그날 산에서 배운 부끄러움 | 126 |
| 92. "이산가족을 찾습니다" | 127 |
| 93. 너를 다시 본 그 순간 | 128 |
| 94. 그래서 나는 또 뛰었다 | 130 |

95. 그분의 등이 더 굽기 전에　131

96. 그날, 엄마는 소녀였다　132

97. 나는 꼬마 모나리자　133

98. 이별도, 담배처럼　134

99. 엄마가 온다　135

100. 그럴 줄 알았는데…　136

101. 오늘도, 대답은 너　137

〈10행시 감성 에세이 101〉

# 마음의 온도

글 읽어줘서 진짜 감사해(프롤로그)　139

| | |
|---|---|
| 1. 우리나라 대한민국 만세　140 | 16. 바다에 가면 그때 생각나　155 |
| 2. 강아지 고양이 우리 가족　141 | 17. 책 보고 영화 보고 너보고　156 |
| 3. 아빠 엄마 싸운다 도망쳐　142 | 18. 나와 너 그리고 우리 모두　157 |
| 4. 감사합니다 우리 아버지　143 | 19. 0123456789　158 |
| 5. 위대한 우리 엄마 윤갑주　144 | 20. 프로야구 프로농구 좋아　159 |
| 6. 여보 당신 여편네 최고야　145 | 21. 낮은 자존감 높은 자존감　160 |
| 7. 당신은 내 인생의 로또야　146 | 22. 운동장 놀이터 학교 매점　161 |
| 8. 오늘은 김장김치 담근 날　147 | 23. 건강한 의사소통의 비밀　162 |
| 9. 보고 또 보고 싶은 아은이　148 | 24. 동방예의지국 대한민국　163 |
| 10. 내가 너 좋아하는 거 알지　149 | 25. 중학교 고등학교 대학교　164 |
| 11. 첫눈 오는 날 네가 생각나　150 | 26. 봄 여름 가을 그리고 겨울　165 |
| 12. 너만 사모해서 아프구나　151 | 27. ‘푸바오’가 남긴 눈물 의미　166 |
| 13. 당신이어서 진짜 고마움　152 | 28. 용서는 최고의 자기 사랑　167 |
| 14. 만약에 말야 네가 본다면　153 | 29. 네 덕분이야 정말 고마워　168 |
| 15. 우리 결혼해 평생 잘할게　154 | 30. 이 시대 최종 병기는 ‘감동’　170 |

31. 남편 멋지고 아내 예쁘고　171
32. 전라도 남원 경상도 대구　172
33. 이순재 송해 김수미 허참　173
34. 꿈에라도 한번 나오세요　174
35. 자장면 짬뽕 볶음밥 시켜　175
36. 도망가지 말고 숨지 말고　176
37. 행복은 언제나 너의 곁에　177
38. 우리 가족 영원토록 행복　178
39. 나로호 누리호 발사 성공　179
40. 마징가Z 태권브이 대결　180
41. 유재석 강호동 선우용녀　181
42. 그대여 끝까지 포기 말고　182
43. 잘못하면 와서 빌어야지　183
44. 수해 피해 이재민이 나야　184
45. 공감 경청 무조건 수용　185

46. 우리 싸우면 사과는 하자　186
47. 신라면 열라면 안성탕면　187
48. 딸은 축복이자 선물이야　188
49. 쌀 도둑 도운 스님 이야기　189
50. 세월을 품은 동네 사람들　190
51. 가을이 내어준 선물 ‘회상’　191
52. 환경오염으로 아픈 지구　192
53. 내가 젤 좋아하는 음식 ‘회’　193
54. 그 말이 마음에 남아서요　194
55. 당신, 글, 음악 그리고 그림　195
56. 너의 웃음소리와 눈웃음　196
57. 스타벅스 빽다방 커피빈　197
58. 겨울이 내어준 선물 ‘온기’　198
59. 너의 날개 펴고 날아올라!　199
60. 댓글 보면 천재들이 가득　200

61. 가장 뜨겁게 살아 있음을　201

62. 절대 긍정 절대 감사 '현희'　202

63. 미용실에서 수다 떨어요　203

64. 인간미 예절 없으면 곤란　204

65. 강산에 안치환 신해철 짱!　205

66. 퇴근길 찐빵 사 가는 행복　206

67. 내가 당신을 떠난 그 이유　207

68. 너와 내가 사랑한 그날들　208

69. 첫눈 온다! 낭만을 만들자!　209

70. 가신 자리 멍으로 남아서　211

71. 살아보니 그대라는 선물　212

72. 울지마 내가 안아줄게요　213

73. 해봐 해봐 실수해도 좋아　214

74. 과거의 잘못 현재의 책임　215

75. 긍정적인 감정 기억의 힘　216

76. 고통, 시간이 가진 힘만이　217

77. 마지막으로 잘 드신 음식　218

78. 돌아보면 행복한 그 기억　219

79. 행복한 사람들의 공통점　220

80. 이 힘은 어디서 나온 걸까　221

81. "고맙다"고 전한 말 한마디　222

82. 한없이 부족한데 이토록　223

83. 내가 떠나온 게 절대 아냐　225

84. "우리 효부 며느리 애썼다"　226

85. 내년 우승 팀 한화이글스　228

86. 할 말은 많지만 참아야지　229

87. 엄마가 매일 걸은 이 길을　230

88. 가습기 제습기 스타일러　231

89. 사랑은 또다시 올 테니까　232

90. 배고파서 누워 있던 친구　233

91. 나이 들면 계속 공부해야　234

92. 아프게 웃어도 다 좋은걸　235

93. 너와 같이 그린 그 시간이    236

94. 고속버스, 기차, 모범택시    237

95. 롯데월드와 에버랜드는    238

96. 비싼 음식보다 라면 좋아    239

97. 좋아해도 양보할 줄 알기    240

98. 은비까비의 옛날 옛적에    241

99. 전화기로 네 목소리 듣고    242

100. 호박전, 가지전, 고구마전    243

101. 엄마 생각하면, 또 눈물 나    244


에필로그    245

〈10문장 감성 에세이 101〉

# 기억의 온도

**프롤로그**

마냥, 보고싶어서

당신이 없었다면, 나는 존재할 수 없었습니다. 그 시절 그 사람과의 만남이 없었다면 존재하고 싶지도 않았을 것입니다. 그때는 정말 사랑받는 줄도 몰랐습니다. 남들은 아무렇지 않게 지나는 일이 나에게는 좌절과 실패로 다가왔습니다. 그 풍파를 견디고 보니 다시 일어설 힘, 당신이었습니다. 당신이 나와 함께 견디고 버티고 이겨낸 인고의 열매였습니다.

아무런 걱정 없던 시절부터 지금까지 알고 보니 한없이 사랑받는 기적의 주인공이었음을 조금씩 알아가며, 아름진 한 그루 나무가 되었습니다.

그때의 나, 앞으로의 나를 만드는 순간과 사람, 낭만을 마주하고자 합니다. '딱 10문장' 그 짧은 글 안에 함께 나누고픈 그리움, 기쁨, 행복 그리고 눈물을 녹여내고자 합니다. 당신도 함께 이 길을 걸어주기를 바랍니다.

# 1. 남원에 사는 남원이

내 이름도 남원, 고향도 남원이다. 고양이, 강아지, 임금님 독특하고 웃긴 이름은 수천 가지여도, 이름과 고향이 같은 사람은 참 드물 거다. 그 놀라운 일을 우리 아버지가 해내셨다.

나는 팔삭둥이, 그것도 거꾸로 태어났다. 당장 인큐베이터에 들어가야 생명을 유지할 수 있었는데, 갓 나온 애라도 이름이 있어야 입원을 하든 말든 할 거 아닌가? 하는 수 없이 간호사 선생님이 "그럼 어디서 왔어요"라고 물었다. 그리고 이어진 우리 아버지의 엄청난 대답 "남원이요."

자라면서 내 이름 가지고 한마디씩 안 하는 사람이 드물었고, '남원추어탕', '남원 분식', '남원 청과' 눈에 보이는 간판마다 내 이름이 붙어 있어서 얼마나 부끄러웠는지 모른다.

  그래도 딱 한 번 들으면 잊어버릴 수 없는 내 이름이
가진 특별함과 소중함을 깨닫는 데는 그리 오랜 시간이
필요하지 않았다. 이제는 당당하고 자신 있게 내 이름
과 나를 자랑하고 산다.

## 2. 엄마의 초등학교 졸업사진

　그 사진은 진짜 힘이 센 것 같다. 우리 집에서 가장 기운이 넘치고, 365일 씩씩한 우리 엄마의 눈망울을 순식간에 촉촉하게 만들더니, 앳된 소녀를 불러와 추억의 은하수에 빠뜨리고 말았다. 그 어떤 존재도 우리 엄마를 단숨에 다소곳하게 만들지 못했는데, 그 사진이 해내고야 말았다.

　그 사진 속 우리 엄마는 어떤 모습을 하고 있을까? 누구랑 제일 친했을까? 당장 달려가 묻고 싶었는데, 왠지 모를 힘이 나를 붙잡았다. 그 누구도, 그 어떤 것도 절대로 방해하면 안 될 것 같은 엄마의 바다가 펼쳐졌기 때문이다.

　엄마의 바닷속 친구들은 지금 곁에 없다. 그래서 슬프고, 그립고, 서러운 눈물이 보인다. 나라도 그 바다에 첨벙 뛰어들어서 끝까지 우리 엄마 곁을 지켜줘야지.

# 3. 세상에서 가장 기분 좋은 냄새

'갓 구운 빵 냄새, 새벽 공기 냄새, 숲 냄새…'

기분 좋은 냄새는 저마다 모양이 있어서 설명할 수 있다. 그런데 '아기 냄새'는 따뜻하고 포근한 우유향 같기도 하고, 달콤한 비누향 같기도 한데, 또렷하게 설명할 방법이 없다.

아기 냄새는 또 아주 특별한 경험을 불러온다. 나에게도 아기 냄새는 노오란 모자를 쓴 갓 태어난 딸아이를 처음 안은 그날, 그 시간, 그 감정을 떠올리게 한다. 아무리 생각해도 아기 냄새는 계속 맡고 싶은 세상에서 가장 기분 좋은 냄새인 것 같다.

그 좋은 아기 냄새 풍기며 까르르 웃기까지 하면 천사가 따로 없다. 천국에서 천사를 만나는 경험이 아기 냄새에 흠뻑 배어 있다. 엄마의 그 아름다운 사랑, 아빠의 눈물겨운 노력, 보석과도 안 바꾸는 가정의 행복이 아기 냄새를 타고 흐른다.

　한 번이라도 그 냄새를 맡아본 사람이라면, 그보다 강
력한 출산의 이유는 없을 것이다.

# 4. 언제까지나 자장면!

"자장면보다 맛있는 음식이 있다."

살다 살다 처음 듣는 도무지 믿을 수 없는 소리다. 운동회 날, 졸업식 날, 어린이날, 자장면 한 그릇 먹는 게 소원인 시절도 있었는데, 어떻게 이럴 수 있단 말인가. 그만큼 세상은 풍족해졌지만, 내 입맛만은 그 시절에 머물러 있다.

그래도 나는 "뭐가 제일 먹고 싶냐"고 물으면 자장면이 먼저 생각난다. 텔레비전에서 자장면 한 그릇 호로록 먹는 장면만 봐도 침이 고이는 이유도 나에게는 자장면이 제일 맛있는 음식이기 때문이다.

맛도 맛이지만, 그때 그 시절 기억과 향수, 그 사람이 자장면에 녹아 있어서다. 마냥 뛰놀던 내가 있고, 아픈 곳 하나 없이 젊고 예쁜 우리 엄마도 거기에 있다. 그래서 나는 자장면보다 맛난 음식이 있다는 소리를 도저히

믿을 수 없다. 그 시절, 그 사람을 향한 그리움이 남아 있
는 한 내게 가장 맛있는 음식은 언제까지나 자장면이다.

# 5. 짬뽕과 영어책

눈만 감으면 만나는 삼십 년 전 소년이 있다. 그 소년의 엄마가 김이 모락모락 나는 그 뜨거운 짬뽕을 손가락으로 집어 허겁지겁 먹는다. 논두렁에 앉아 참을 먹는데 자장면 그릇 들고 고개를 이리 돌리고 저리 돌리는 소년에게 하나뿐인 나무젓가락을 건네곤 말이다.

또 하루는 그 소년이 불현듯 공부하겠다며 책꽂이에 있는 영어책 좀 달란다. 그런데 엄마는 영어책을 찾을 수가 없었다. 영어책이 어떻게 생겼는지 몰랐기 때문이다.

그 순간, 그 소년에게 엄마의 희생에 대한 깨달음과 배움의 기회가 없었던 안타까움이 고스란히 전해졌다. 그 오묘한 감정과 배움이 어제와 오늘 그리고 내일을 살아갈 호흡이 되었다. 짬뽕과 영어책이 내게 준 생명이다. 값어치 매길 수 없는 아주 특별한 보석이다.

# 6. '완벽한 문장'의 주인공

"아빠 나를 정말 정말 사랑해 주어서 정말 정말 고맙습니다."

지갑 속에 넣어둔 낡은 편지 한 장을 읽었다. 사실 나는 그 편지를 매일 읽는데, 그때마다 크게 감동하고 감탄한다. 우리 딸이 다섯 살쯤에 고사리손으로 써 준 그 편지를 읽을 때마다 '완벽한 문장'이 아닐 수 없다고 생각한다. '내가 딸에게 기절할 만큼 큰 사랑을 받는 존재임을 깨닫게 해줘서다.

부모가 자녀에게 주는 사랑을 먼저 생각하면 욕심부터 난다. 하지만 자녀가 부모인 내게 주는 너르고 큰 사랑을 먼저 생각하면 마르지 않는 샘이 된다.

많이 배우거나 타고난 글솜씨가 있어야 완벽한 문장을 쓰는 게 아니다. 같이 그림 그리고, 노래하며 웃고, 신나게 뛰어놀며 몽글몽글 사랑이 영글면 비로소 완벽

한 문장이 탄생한다. 그래서 이 세상 모든 부모와 자녀
들은 저마다 완벽한 문장의 주인공이다.

# 7. 비 오는 날 우산

나만 덩그러니 서 있다. 비가 엄청나게 오는데 우산이 없어서 집에 못 가고 학교 현관에 서 있는 내가 왠지 처량하다. 친구들은 어느새 엄마가 와서 우산도 건네주고, 비옷도 입혀 주는데 나만 혼자다.

우리 엄마는 비 오는 날 나한테 우산 주러 오지 못할 정도로 바쁘다. 내 마음도 바쁘다. 마치 퍼즐 조각처럼 이해와 서운함이 번갈아 맞춰졌기 때문이다.

이제는 백발이 익숙하고, 구부정한 허리 붙잡고 힘겹게 걷는 우리 엄마가 불쑥 떨리는 목소리와 젖어 드는 눈빛으로 '비 오는 날 우산 이야기'를 꺼냈다. 비는 벌써 개고, 내 마음도 화창해졌는데, 우리 엄마 마음은 몇십 년이 지났는데도 그때 우산 들고 학교 못 간 게 그렇게 슬프고 미안해서 지금껏 울고 있다. 그때 나처럼 덩그러니 그 비를 홀로 맞고 있다. 이제 내가 우리 엄마 마음에 우산을 씌워줘야겠다.

## 8. 가장 아름다운 영어단어

"Mother(어머니)"

누구도 고개를 끄덕이지 않을 수 없는 단어가 선정됐다. 102개국 4만 명이 참여한 설문 조사에서 가장 아름다운 영어단어 1위는 'Mother(어머니)', 2위는 Passion(열정), 3위는 Smile(웃음)이었다. 애석하게 Father(아버지)는 70위권 밖이었다.

동서고금을 막론하고 어머니는 가슴에서 가장 반짝이는 존재인 것 같다. 그분의 엄청난 사랑과 희생으로 우리가 태어났고, 자랐고, 살고 있기에 생각만 해도 소중하고, 눈물 나고, 미안하다. 내가 얼마나 소중했으면 자신의 생명과 얼마든지 바꿀 수 있다면서 끝없는 사랑을 주시기에 더욱 애틋하다.

그렇게 안쓰럽고 그리운 어머니는 '내가 살면서 화를 가장 많이 내는 존재'이기도 하다. 가장 사랑하는 사람인 동시에 가장 많이 다투는 존재인 어머니는 존재 그

자체가 특별함이고, 소중함이다. 문득, 어머니의 목소리
가 몹시 그리워서 당장 전화를 걸어야겠다.

자체가 특별함이고, 소중함이다. 문득, 어머니의 목소리
가 몹시 그리워서 당장 전화를 걸어야겠다.

## 9. 편견을 삼켜버린 고래

"어머니, 아무래도 아이에게 문제가 있는 것 같습니다."

초등학생 아들을 둔 엄마에게 심리상담실에서 전화가 왔다. 미술치료 하면서 "그리고 싶은 것을 마음껏 그려"라고 했더니 까만색 크레파스로 도화지를 온통 칠해놨다는 것이었다.

그 사정을 아는지 모르는지 세상 밝고 순순한 얼굴을 한 아들이 집에 들어섰다. 기다렸다는 듯이 독사의 눈을 뜨고, 가시 박힌 말을 쏟아냈다. "너 제정신이야! 도대체 상담실에서 무슨 짓을 한 거야?" 자초지종은 안중에도 없었고, 무작정 아들만 때려잡았다.

꺼이꺼이 서럽게 울면서 닭똥 같은 눈물만 떨구던 아들이 힘겹게 입술을 열고 말했다.

"나는 고래가 그리고 싶었어! 내가 그리고 싶은 고래는 너무너무 큰데 도화지가 작아서 다 그려 넣을 수가 없었던 거야!"
 편견을 삼켜버린 고래가 없었다면, 그 창의적인 아이
를 문제아로 만들 뻔했다.

## 10. 삐삐와 스마트폰

　1996년, 삐삐(무선호출기)를 처음 가졌다. 누군가에게 호출이 오면 하늘을 나는 것처럼 기분이 그렇게 좋을 수가 없었다. 종일 허리춤에 찬 삐삐를 들여다보면서 음성 녹음과 의미 있는 숫자들 '8282'(빨리빨리), '7942'(친구 사이), '012486'(영원히 사랑해)이 나를 찾아오기를 두 손 모아 소망했다.

　이듬해, 핸드폰이 생기더니 얼마 지나지 않아 스마트폰이 등장했다. 스마트폰은 별천지 같았는데, 터치 몇 번으로 안 되는 게 없는 신세계를 내 눈앞에 보여줬기 때문이다. 스마트폰만 있으면 심심하거나 정보를 몰라서 불편을 겪는 일은 없을 것 같아 무척이나 신났다. 그 유능함과 편리함이 주는 달콤함이 얼마나 매력적이었는지 삐삐를 매몰차게 배신하고 2G, 3G 핸드폰을 거쳐 스마트폰으로 갈아탔다.

그런데 가끔, "호출하신 분" 애타게 찾던 그때 그 감성이 그립다. 왠지 모를 그 가슴 아픔은 내가 매몰차게 배신한 삐삐가 준 벌인지도 모른다. 여러분도 그 배신의 대가를 치르고 있나요?

# 11. 첫사랑, 전화기 너머의 그 떨림

초등학교 5학년이었던 것 같다. 심장이 쿵쾅쿵쾅 뛰고, 등에서 땀이 줄줄 흐르고, 온몸이 덜덜 떨려서 죽을 것 같았던 그날 말이다. 두메산골 시골 학교에서 만난 웃음이 마냥 예쁜 그 소녀가 좋았다. 얼마나 좋았냐면 내 시야에 들어오는 모든 게 꽃이고, 그림이고, 음악일 정도였다.

홀딱 마음을 뺏긴 그 소녀와 전화 통화 하려면 수많은 난관을 이겨내야 했다. 너무 떨려서 전화기 가까이 다가가는 것부터가 큰일이었다. 그 한고비 넘기면 전화 수화기를 드는 또 다른 숙제가 나를 기다리고 있었다. 전화번호 누르고, 신호 가는 그 순간은 기억이 잘 나지 않을 정도로 긴장했었다. "여보세요" 전화기 너머 들려오는 그 소녀의 목소리를 듣고는 기절할 것 같아서 번개 치는 속도로 끊어버렸다.

그런데 말 한마디 못 하고 전화 끊는 사람이 나란 걸
그 소녀는 알았을까?

# 12. 우산은 가고, 잔소리는 남고

이번이 몇 개짼지 셀 수도 없다. 걸음마 시작하고부터 40년 넘게 우산을 잃어버리고 있다. 낚시꾼의 허풍을 빌리면, 우산 공장 하나는 거뜬히 차리고도 남았을 거다. 이번에는 문제가 훨씬 심각하다. 세상에, 비 오는 날 우산을 잃어버렸기 때문이다.

참 신기한 게 우산은 그렇게 잃어버려도, 우산을 잃어버렸다는 사실은 한 번도 잊은 적이 없다. 잃어버린 우산이 아깝고, 새로 사느라 생긴 뜻하지 않은 지출이 문제가 아니다. "또! 내 그럴 줄 알았다"는 아내의 원망 섞인 목소리가 생중계되는 게 가장 큰 문제다. 또 비가 온다는 데 잔소리 퍼레이드가 걱정이다. 비가 올 때마다 아내의 잔소리 폭풍을 얼마나 더 맞아야 할지 벌써부터 두렵다.

## 13. 꾸중물 사총사

그 조합을 또다시 만나는 건 불가능에 가까울 것이다.
40년 지기 죽마고우를 두고 하는 말이다. 하루가 멀다
고 몰려다니며 수박 서리하고, 고기 구워 먹으며 놀 궁
리만 하던 우리를 못마땅하게 여기던 선생님이 지어준
별칭이 '꾸중물 사총사'였다. 우리를 표현하는 말이 다
소 투박할지라도, 비하의 뜻이 담겼어도 괜찮았다. 우리
가 함께했던 시간만큼 행복한 적이 없었기에.

한 녀석은 그림과 음식 솜씨가 뛰어나고, 다른 녀석은
무엇이든 뚝딱뚝딱 잘도 만들었다. 내 짝꿍이던 녀석은
미소가 워낙 선해서 보고만 있어도 절로 기분이 좋아진
다. 마지막 한 녀석이 나인데, 꾸중물 사총사의 비밀을
모조리 기억하고 있어서 나타나면 어딘가 모르게 두려
운 존재였다.

옛 친구들 이야기는 왜 할 때마다 익숙하면서 새롭고, 첫 사랑만큼이나 설레는지 모르겠다. 가끔 내 마음을 촉촉이 적시는 친구들의 얼굴을 그려보는 오늘마저 그립다.

# 14. 머피의 법칙, 그 역설과 깨달음

잘 익은 열무김치에 꽁보리밥, 달큰한 고추장 한 숟갈 듬뿍 넣고 군침 나게 비볐는데, 참기름이 없다. 메주콩을 물에 실컷 불려서 맷돌로 갈려고 하는데 어처구니(손잡이)가 없다. 몇 날 며칠 공들여 리포트를 완성했는데, 조카 녀석이 코드를 빼버리는 바람에 어이가 없다. 헐레벌떡 달려 이미 출발한 버스를 간신히 세웠는데, 지갑이 없다.

하필이면, 가장 필요하고, 중요한 순간에 되는 일이 없다고 느낄 때가 있다. 사소한 하나가 빠져 모든 게 엉망이 되는 순간 우리는 '머피의 법칙'을 떠올린다. 하지만 역설적이게도 머피의 법칙 덕분에 가볍게만 여기던 그 존재가 얼마나 귀하고, 쓸모와 필요가 있음을 알게 된다.

사람은 더 그렇다. 가까이 있는 사람일수록 너무 편하고 익숙해서 소중함을 잊을 때가 많다. 그러나 지금 곁

에 있는 사람들의 값진 존재를 머피의 법칙이 오기 전
에 알아차려야 한다.

## 15. 안경 맞추다가 새로 본 세상

"아니 왜?"

이해할 수 없고, 이해하고 싶지도 않았다. 뒤꿈치 다 까져서 피가 철철 나도 기어이 하이힐을 신고, 금방 다시 내려올 산을 왜 오르는지 알 수 없었고, 알고 싶지도 않았다. '왜 그렇게까지' 하는지 답답하기도 했다.

안경을 맞추다가 그 이해할 수 없음과 답답함에서 벗어났다. 새 안경을 쓰는 순간 그동안 보지 못했던 영롱하게 밝고 선명한 세상이 펼쳐졌는데, 그제야 내 눈에 보이는 세상만 밝고, 옳고, 전부라고 여겼음을 알게 됐기 때문이다.

거울에 비친 당당하고 멋진 내 모습을 예뻐 보니 알겠고, 산에 올라 발아래 펼쳐진 풍경과 마주하고 나서야 황홀함에 젖을 수 있었다. 수용과 이해, 포용의 안경을 썼더니 편견과 아집, 못생긴 고집을 벗을 수 있었다.

내 세상도 좋고, 그 사람 세상도 좋다. 그 안경으로 서
로의 세상을 들여다보고, 어우러질 때 진짜 좋은 세상
이 열린다.

# 16. 이마트 할머니

"너는 늙어봤냐? 나는 젊어 봤다."

TV를 보다가 저 말을 듣는 순간, 기억에 스쳐 지나는 할머니 한 분이 계셨다. '이마트 할머니'라고 부르던 분이었다. 그 할머니를 내가 집단상담을 진행할 때 만났는데, 어느 때보다 기운이 넘치고, 기분이 좋아 보여서 "좋은 일 있으세요?"라고 물었다. 그랬더니 "어제 이마트에 갔는데 직원이 나를 보고 '사랑합니다'라고 하는 게 너무 기분 좋아서 계속 입구를 들락거렸다"라고 하셨다.

그 말을 듣고 내 마음 한편이 쓸쓸해졌다. 이마트 할머니의 사람을 향한 외로움과 그리움이 고스란히 전해졌기 때문이다. 이마트 할머니처럼, 우리 모두 언젠가 늙는다. 삶의 모든 과정에서 서로에게 감사와 존경을 전하며 살았으면 좋겠다. 특히 헌신과 사랑으로 세대를 이어주신 할머니, 할아버지의 고마움을 잊지 말자!

# 17. 나도, 우리도 그 어르신들처럼

지나다니며 가끔 마주치는 두 어르신이 있다. 오늘 아침에도 만났는데, 너무 반가워서 넙죽 인사드렸더니 세상 다 가진 것 같은 표정으로 활짝 웃어주셨다. 그 엄청난 미소가 나를 꽤 괜찮은 사람처럼 여기게 해서 그렇게 행복할 수 없었다.

한 어르신은 파지를 주우신다. 내가 읽고, 쓰는 일하는 사람이라 파지가 많이 나오는데, 그 어르신께 드리면 요긴할 것 같아 먼저 다가가 인연을 맺었다. 또 한 어르신은 내 사무실이 있는 건물을 땀을 뻘뻘 흘리며 청소해 주신다. 연세도 연세고, 일의 강도가 세서 지치고 힘들 법도 한데 언제나 밝은 미소를 잃지 않으신다.

나는 그 어르신들을 만날 때마다 참 반갑고, 좋다. 마냥 웃어주시고, 고맙다고 인사까지 해주셔서 더욱 그렇다. 나도, 우리도 그 어르신들처럼, 누군가에게 웃음과 고마움을 선물하는 존재였으면 좋겠다.

## 18. 내가 나를, 내가 나에게

휘둘려서 좋은 건 하나도 없는 것 같다. 그 사람이 속상할까 봐 버거워도 거절하지 못하고, 혹여나 그 소중한 이가 나를 떠날까 봐 죽어도 싫은 소리는 하지 못한다. 그 좋은 칭찬도 마찬가지다. 타인의 칭찬만 목말라 하면 그가 나를 나락으로 보낼 수도 있기 때문이다.

그래서 타인에게 휘둘리지 말고 자기 자신부터 붙잡고, 사랑해야 한다. 다른 사람보다 먼저 내가 나를 칭찬해야 한다. 좋은 사람도, 괜찮은 사람도, 사랑받는 사람도 나에게서 시작된다. 그리고 마지막엔 내가 나에게 봄날의 햇살이어야 한다. 남의 손에 나를 맡기지 말아야 한다. 나는 내가 지킨다.

# 19. 당구, 그 치명적인 매력

　무언가에 미친다는 게 바로 그것이었다. 무언가에 미치는 경험을 단숨에 알려주는 게 '당구'다. 절대 빈말이 아니다. 당구 한번 쳐 보면 무슨 말인지 바로 알 수 있다. 이 말에 손바닥으로 무릎을 치며 공감하는 사람은 모르긴 해도 당구 좀 쳤을 거다.

　당구는 어렵지만 묘한 마력 덕에 누구나 쉽게 매력을 느낀다. 엉성하게 큐를 들고, 잘 안 맞는 공 몇 번만 쳐 봐도 잠들기 전 천장에 당구대가 그려지고, 공이 굴러 다니는 마법이 펼쳐진다. 그 재미에 흠뻑 빠져서 당구장 출입을 반복하다가 결국, 숙련자가 된다. 그 과정에서 좌절은 있어도 힘듦은 없고, 어려움이 있어도 신남과 재미만 남는다.

　공부도 당구처럼, 일도 당구처럼, 연애도, 인간관계도 당구처럼 허우적거리다 고수가 된다면 얼마나 좋을까?

# 20. 웃는지 우는지

　어느 날부턴가 괜히 커피가 마시고 싶었다. 신맛도 나고, 구수한 맛도 나는 몰랐던 매력을 발견하고는 더 땡겼다. 그런데 아직은 커피랑 친해질 시간이 필요한지 빨리 마시기는 힘들다.

　함께 일하는 사람들과 카페에서 시원한 아메리카노 한 잔 주문했다. 너도나도 웃음 한 모금, 당부 한 모금, 시시콜콜 이야기 한 모금 들이켰더니 그새 맛있는 커피가 바닥을 보였다. 나만 커피가 남았다. 그렇다고 남들처럼 빨리 마시자니 아직 커피랑 덜 친하고, 천천히 마시자니 주변 사람들 눈치가 보였다.

　결국, 초조함과 민망함에 몸부림치던 나는 사방에서 느껴지는 '강력한 비언어적 메시지'를 참지 못하고 반응하고 말았다.
"제가 아직 커피를 빨리 마시는 게 힘들어요."
다들 한바탕 웃는데, 나는 웃는지 우는지 잘 모르겠다.

# 21. **역시, 세상은**

그런 굴욕과 치욕은 처음이었다. 땅굴이라도 파서 숨고 싶었다. 고입 시험에서 떨어졌을 때 내 마음이 그랬다. 할 수 있는 일도, 선택지도 없었다. 그래도 받아주는 학교가 있다는 게 유일한 위안이었다.

절대 가고 싶지 않았고, 심지어 그 학교 다니는 게 창피했다. 그런데 뜻밖에도 그곳에서 인생의 보석 같은 사람들을 만났다. 친구들과 그들의 부모님, 그리고 선생님들은 자기 책임을 다하는 '삶의 교과서' 같은 분들이었다.

사는 게 힘들어 두 뺨에 눈물이 흐를 것 같은 날이면 고등학교 시절 만난 사람들과 기억을 떠올리며 힘을 낸다. 역시 세상은 온통 나쁜 것만 있는 건 아니더라.

## 22. 원수는 몰라도 은혜만은 꼭 갚자!

엄마가 그 맛있는 김치를 또 보내주셨다. 농사지어 직접 담근 김치를 쭉 찢어 한입 베어 무는데 문득 이런 말이 떠올랐다. "누군가에게는 당연한 일이 누군가에게는 평생을 원해도 가질 수 없는 신기루다."

나에게 당연한 건 무엇이고, 신기루는 무엇일까? 아마도 우리 엄마를 비롯한 내 사람들의 관심과 사랑, 그리고 배려가 나에게는 너무나 당연한 것, 하지만 그것을 간절히 갈망하는 사람들에게는 신기루 같은 것이겠지.
이 생각을 곱씹을수록 얼굴이 화끈거렸다. 넉넉하다 못해 차고 넘치게 받아놓고도 그 고마움을 얼마나 제대로 표현했는지 자신이 없었다. 그 소중함을 갈망하는 사람들에게 괜스레 미안해졌다.

감사를 잃어버린 탓이고, 표현하지 못하는 탓이기도 하다. 우리, 원수는 몰라도 은혜만은 꼭 갚자!

# 23. '아름답다'와 '기뻐하다'

외모든, 성격이든, 실력이든 '아름답다'는 칭찬이 최고인 것 같다. '아름답다'는 그 말 한마디가 모든 것을 설명하기 때문이다. '아름답다'의 '아름'은 나를 뜻하는데, '답다'와 결합해서 '나답다'는 의미로 해석된다고 한다. 진정 아름다움은 나다울 때가 아닐 수 없다. 당신이 당신다울 때, 있는 그대로 당신이 가장 아름답고, 최고다.

'기뻐하다'는 말도 들으면 세상 행복해지는 기적을 경험한다. 내가 누군가를 기뻐하고, 누군가가 나를 기뻐한다는 찬사보다 좋은 말이 또 있을까? 다만, 누군가를 기쁘게 한다는 것은 그 의미가 조금 다를 수 있다. 좋은 일이긴 하지만, 그 존재에게 종속되거나 그 존재가 무서워서 혹은 인정받고자 기쁘게 한다는 의미로 해석될 여지가 있다. 누군가를 기쁘게 하는 것보다 누군가를 기뻐하는 게 훨씬 크고, 깊고, 좋다.

# 24. 적당함 그리고 과함

'따뜻하다 vs 뜨겁다, 시원하다 vs 춥다'

'적당함'이 그 수준을 넘으면 '과한 존재'가 된다. 따뜻한 날씨는 너무 좋은데 푹푹 찌는 폭염은 싫고, 숲에서 불어오는 시원한 바람은 좋은데, 한겨울 불어닥치는 사나운 바람은 싫다. 똑같은 존재인데 그 수준이 적당하면 그렇게 좋고, 과하면 왜 그리 싫고 미운지 모르겠다.

사람 사는 세상도 똑같다. 적당한 거리와 관심, 베풂과 배려는 좋지만, 그 수준이 과하면 부담스럽다. 한 걸음 다가갈 때와 물러설 때를 아는 적당함과 과함 사이에서 시소를 타는 센스가 '멋있는 사람'을 만드는 레시피다.

그에게 멋있는 사람, 예쁜 사람으로 기억되고 싶다면 네 가지 주문을 기억하자. 적당하고, 적절하게, 건강하고, 센스있게. 다른 사람은 몰라도 당신은 할 수 있다.

## 25. '해 뜰 무렵'과 '해 질 무렵'

　'해 뜰 무렵'과 '해 질 무렵'은 글자 하나 차이인데, 그 의미와 느낌이 사뭇 다르다. 해 뜰 무렵은 '새로운 시작', '희망찬 오늘'을, 해 질 무렵은 '쉼과 휴식', '익어가는 인생'을 노래한다. 인생도 마찬가지다. 해 뜰 무렵에는 청춘과 젊음, 도전이라는 푸르름이 있고, 해 질 무렵에는 땀 흘려 거둔 열매의 기쁨이 있다.

　해 뜰 무렵에는 미처 몰랐던 일들이, 해 질 무렵 사무치게 그리워진다. 그 시절로 돌아가고픈 강한 충동도 느껴진다. 하지만 불가능하다는 것을 알기에 더 애틋하고 서럽다.

　그래도 해 질 무렵에만 보이는 희망이 있다. '청춘은 절대 늙지 않는다'는 것이다. 80세 노인의 "내 나이가 60세만 돼도 무엇이든 하겠다"는 말이 진심처럼 들린다. 꿈을 꿀 수 있다면, 마음이 젊다면 우리는 언제나 청춘이다.

# 26. 하늘을 우러러 한 점 부러움 없이

시인 윤동주는 "하늘을 우러러 한 점 부끄럼 없이…" 라고 노래하며 나라와 민족을 사랑하는 마음을 시에 담았다. 그 시는 많은 사람에게 위로와 응원이 되었다.

나도 오늘을 사는 사람들에게 이렇게 말해주고 싶다. "하루에 한 번, 하늘을 우러러 한 점 부러움 없이…."

요즘 우리는 너무 바쁘고, 너무 빠르고, 숨 가쁘게 산다. 쾌청한 하늘 한번 올려다볼 여유조차 없다. 그러지 말고, 하루 한 번이라도 고개를 들어 하늘을 보자.

그 여유가 당신에게 "여기까지 오느라 진짜 애썼다고, 당신이 존재하는 것만으로도 기쁨이자 행복"이라고 알려줄 것이다.

걸음을 멈추고 하늘을 우러러보자. 한 점 부러움 없이.

# 27. 사람은 '절대 이해' 대상

원래부터 사람은 '하지 말라고 하면 더하고 마는 습성'이 있다. 최초의 인류 아담과 하와도 그 좋은 에덴동산에서 '하지 말라는 그것 하나를 못 참아서' 쫓겨났다.

태초부터 인간의 최대 관심사는 '행동을 통제하는 법'이다. '어떻게 하면 그 사람이 그렇게 하지 않게', 혹은 '그렇게 하게 만들 수 있을까'라는 질문이 부모와 부부의 최대 고민이다.

심리학이라는 학문도 결국 '도대체 왜 그렇게 생각하고 행동하는지'를 밝히려는 데서 시작됐다.

인류의 가장 큰 바람은 내가 원하는 대로 상대가 행동해 주는 것이다. 하지만 사람은 절대 그런 존재가 아니다. 하지 말라고 하면 더하는 게 인간이다. 하지 말란다고 멈추면 그건 사람이 아니다. 따라서 사람은 통제가 아니라 '절대 이해' 대상이다.

# 28. 숙종과 갈처사의 만남

조선 숙종 때의 일이다. 평소 백성들의 삶에 관심이 많던 숙종이 평민 차림으로 지금의 과천 일대를 지나다가 물가에서 어머니 묘를 쓰며 흐느끼는 한 청년을 보았다. 숙종이 다가가 "물가에 묘를 쓰다니, 그런 법이 어디 있느냐?"고 묻자 청년이 말했다.

"'지관 갈처사'라는 분이 이곳이 명당이라고 꼭 여기에 쓰라고 하셨습니다."

숙종은 가엾은 마음이 들어 청년에게 쌀 삼백 석과 장례비를 내려주곤, 지관 갈처사를 찾아가 "어찌 물가를 명당이라 속이느냐?"고 따졌다. 그러자 갈처사가 한숨을 쉬며 "쯧쯧, 알지도 못하면서 그곳은 장례를 치르기도 전에 쌀 삼백 석이 나오는 명당입니다"라고 대답했다.

숙종은 놀라면서도 태연히 웃으며 "그렇게 명당을 잘 보는 사람이 어찌 이 산골 허름한 집에 사는가?" 물었다. 이번에는 갈처사가 눈을 반짝이며 "이곳은 왕께서 행차할 명당이라서요"라고 대답했다. 숙종이 박장대소하며 그에게 본인의 묫자리도 봐달라고 부탁했다.

　뜻밖의 만남이 삶을 바꾼다는데, 여러분과의 만남도 그러하기를 소망한다.

## 29. 친구 어머니의 부고

친구에게서 전화가 왔다.

"내가 문자 보냈는데, 아직 못 봤니?"
"아직, 무슨 일 있어?"

친구는 잠시 침묵하더니, "문자부터 봐"라고만 했다.
메시지함을 열었더니 부고가 적혀 있었다.

오랫동안 병원에 계시던 친구 어머니가 끝내 천국으로
떠나셨다. 무슨 말을 어떻게 해야 할지 떠오르지 않아서
겨우 찾은 말이 "괜찮아? 내가 갈게" 그 한마디였다.

내 이름을 상냥하게 불러주시던 친구 어머니 목소리
가 귀에 쟁쟁하게 맴돌았다. 눈물이 터져 나올 만큼 아
주 슬펐다. 내 마음도 이렇게 아픈데, 친구는 얼마나 더
슬플까 싶어 또 눈물이 났다.

## 30. 가장 못 하고, 싫어하는 두 가지

내가 세상에서 가장 못 하고, 싫어하는 게 두 가지 있었다. 하나는 띄어쓰기, 또 하나는 레크리에이션 참가였다.

초등학교 시절 원고지에 글을 쓸 때마다 손에 땀이 맺혔다. '아버지 가방에 들어가신다'와 '아버지가 방에 들어가신다'의 차이를 선생님이 침 튀겨가며 열심히 설명해도 도무지 이해되지 않았다. 그땐 정말 '난 평생 못할 거야'라고 생각했다.

레크리에이션 시간은 더 끔찍했다. 사회자가 혹시라도 내 이름을 부를까 봐 심장이 튀어나올 것 같았다.

그런 내가 책을 닥치는 대로 읽으며 띄어쓰기를 익혔고, 차라리 레크리에이션 사회를 보는 방법으로 공포에서 벗어났다. 그런 내가 할 수 있었다면, 당신도 분명할 수 있다. 못 하는 건 안 배웠거나 안 해본 것일 뿐이니까.

# 31. 진짜 좋은 것과 가짜 좋은 것

'진짜 좋은 것'과 '가짜 좋은 것'을 구별하는 방법이 있다. 그 끝을 보면 안다.

진짜 좋은 것은 시작은 싫지만, 끝내면 좋고, 가짜 좋은 것은 시작은 좋은데, 끝나면 허무하고 부질없다. 운동 시작할 때는 정말 하기 싫은데, 끝내면 뿌듯하고 개운하다. 꽤 성실한 사람이 된 것 같은 느낌도 든다.

술은 시작은 좋은데, 그 끝이 별로다. 사람들과 어울려 즐거운 시간이었지만, 남은 건 숙취와 허무한 대화뿐이다. 이처럼 그 끝을 보면 좋은 것이었는지, 아니었는지 알 수 있다.

그 사람과 진짜 좋은 만남이었는지, 가짜 좋은 만남이었는지는 헤어져 보면 안다. 마냥 기분 좋고, 성장하면 진짜이고, 무엇인가 빼앗긴 것 같고, 지치면 가짜일 수 있다.

## 32. 그 약 말고는 치료제가 없다

넘어지지도 않았고, 누가 때리지도 않았는데 커다란 상처가 났다. 그 상처가 너무 크고 깊어서 곧 죽을 것만 같다.

엄살 아니고, 정말로 숨이 멎을 것 같다. 진짜 죽을 것 같아서 하루라도 빨리 낫는 방법을 찾으려 온갖 짓을 다 했는데도 그 아픔과 고통은 그대로다. 실연이 가져온 아픔, 지옥이 따로 없다.

차라리 그 사람을 몰랐다면, 만나지 않았다면, 이렇게 아플 일도 없었을 텐데 원망이 치밀어 오르는데 이상하게 밉지 않고, 보고만 싶다. 이대로 영영 못 만날까 무섭고, 그 사람 없이 나 혼자 살 수 있을까 혼란스럽다.

아마도 새로운 사람을 만나기 전까지 이 고통과 아픔은 지워지지 않을 것만 같다. 다른 사람으로 그 사람을 지워야 하는 게 정말 미안하지만, 그 약 말고는 치료제가 없다.

## 33. 사람도, 시간도, 기억도

딸아이의 산수 문제를 풀다, 쉽지 않음을 깨달았다. 다시 국어 공부하면서 한국말 속에 숨은 영롱한 무지개를 봤다. 뉴스를 보다가 사람 사는 세상이 얼마나 복잡한지 새삼 배웠다.

영원히 내 곁에 있을 거라 믿었던 사람을 잃고서야 알았다. 내 그리움의 주인공이 그대였음을. 자녀를 키우며 매일 느낀다. 일 분, 일 초가 축복임을.

익숙함에 속아 잊었던 진리도 마주했다. 소중함은 늘 내 곁에 있음을. 사람도, 시간도, 기억도.

## 34. "꼬꼬댁~! 꼬꼬꼬~!"

하굣길에 벌집을 보는 일이 잦았다. 윙윙거리며 날아다니는 벌이 너무 무서워서 무사히 지나가는 게 숙제보다 더 어려웠다. 그때 우리 동네 형이 기가 막힌 주문을 찾아냈다. "꼬꼬댁~! 꼬꼬꼬~!" 닭 울음소리를 내면 벌이 무서워서 도망간다는 것이었다.

모두 고개를 끄덕였지만, 막상 벌집과 마주하면 "꼬꼬댁~! 꼬꼬꼬~!"소리를 낼 엄두가 나지 않았다. 호기로운 그 형이 시범을 보이겠다며 위풍당당 다가가 소리쳤다.
"꼬꼬댁~! 꼬꼬댁~!"
그 순간 까만색 덩어리로 보일 만큼 엄청난 양의 벌들이 쏟아져 나왔다.

그토록 당당하던 그 형의 얼굴이 사색이 되더니 "꼬꼬댁~! 꼬꼬꼬~!" 소리에 울음만 잔뜩 섞이다가 결국, 기절하고 말았다. 역시, 그 무시무시한 녀석들에게 함부로 덤비는 게 아니었어.

## 35. 그 노래와 향기가 나를

"바람이 몹시 불던 날이었지. 그녀는 조그만 손을 흔
들고♪♫"

<김성호의 회상> 속 노랫말이다. 이 노래처럼, 어떤
노래는 우리를 그 순간, 그 시절, 그 사람 앞에 데려다
놓는다.
그 노래를 흥얼거리기라도 하면 그 일이 가슴에 사무
치기도 하고, 그때 그 사람이 지금의 나를 웃음 짓게 만
들기도 한다. 꼭 한번 다시 만나고 싶던 나를 마주하는
경험이다.

어떤 향기도 그렇다. 나는 추운 겨울날 시골 아궁이에
서 나는 연기 냄새만 맡으면 우리 엄마 김치찌개가 생
각난다. 그 맛과 "저녁밥 먹으라"며 나를 부르는 엄마의
사랑 섞인 목소리가 들린다.

당신에게는 어떤 노래와 향기가 그러한지 궁금하다.
이 글이 잠시 눈을 감고 당신만의 노래와 향기를 음미
하는 기회가 되기를.

# 36. 경청, 소통의 시작!

"나는 틀린 소리는 안해!"

그렇다면 옳은 말이면 아무렇게나 해도 괜찮다는 뜻일까? 어떤 사람들은 의사소통을 유난히 거칠고, 심지어 아프게 한다. 그러면서 자기는 아무런 잘못이 없다고 우긴다. 자기 소통 방식에는 문제가 없고, 전부 당신이 문제라고 우기기도 한다.

건강하지 않은 의사소통은 가까울수록, 사랑할수록 더 자주, 더 깊게 나타난다. 어린 시절 내가 부모에게 그렇게 당했고, 지금 내가 자녀에게 고스란히 전수하고 있다. 소통을 빙자해서 자기 마음 편해지려다 발생한 불상사다. 소통의 기본은 내 감정과 생각을 마구 쏟아내는 게 아니다. 서툴러도 상대방 이야기를 판단하지 않고 있는 그대로 경청하는 게 시작이다.

# 37. 동굴과 터널의 차이

뜻하지 않은 아픔과 좌절을 마주하면 두 가지 생각이 먼저 떠오른다. 하나는 '왜 나한테 이런 일이 생겼지?'이고, 또 하나는 '그 아픔과 좌절이 끝날 것 같지 않다'이다. 하나는 억울함을, 다른 하나는 두려움을 부른다.

억울함은 "내가 무슨 죄를 지었다고", "왜 나한테만 이런 고통을 주냐?"고 하소연이라도 하면 조금 가벼워지는데, 두려움은 말조차 꺼내기 어려워서 고통이 더 깊어진다. 모든 것을 포기하고 싶고, 실제 놓아버릴 위험도 있다.

두려움에서 벗어나려면 '동굴과 터널의 차이'를 떠올려야 한다. 동굴은 스스로 가둔 채 길을 잃어버린 어둠이지만, 터널은 끝을 향해 나아가는 어둠이다.

당신은 지금 어둡고 긴 터널을 지나고 있을 뿐이다. 터널의 끝이 반드시 있다. 영원한 아픔과 좌절은 없으니까.

# 38. 떡의 미학

한국인의 마음속에 떡은 기쁨과 슬픔, 정과 그리움을 함께 담은 한 조각이다. 아주 특별한 날, 소중한 사람들과 나누고픈 첫 번째 음식이 떡이다. "굿이나 보고 떡이나 먹지", "떡 본 김에 제사 지낸다", "아니 밤중에 웬 떡이냐", "남의 떡이 더 커 보인다" 등 떡 관련 속담도 수십 가지나 된다.

한국 사람들의 유별난 떡 사랑에는 그 이유가 있다. 배 곯던 시절 맛도 좋고 든든하게 속을 채워준 은혜, 그리고 마음을 전할 수 있었던 정성과 고마움이 떡 안에 담겨 있다.

그러고 보면 떡에는 고소함과 달콤함만 있는 게 아니다. 당신을 향한 내 사랑도 있고, 나를 향한 당신의 미소도 있다. 그 사람을 보고 싶음도 있다. 큰절 올리고 싶은 감사함도 있다. 외로운 사람들, 그리운 사람들에게 우리가 그 맛있고, 정겨운 떡이 되어줬으면 한다.

## 39. **빵, 영혼의 구원자**

짝사랑하던 시절 그녀가 다른 남자를 좋아해도 질투 한 번 해본 적 없었는데, 아내의 그 말 한마디에 마음이 끓어올랐다. 내게는 한 번도 들려준 적 없는 아내의 고백을 듣고 자존심이 몹시 상했고, 질투까지 났다. 그 대상은 다름 아닌 빵이었다. 아내는 빵을 두고 '영혼의 구원자'라 칭했다.

빵의 위력은 내가 감히 질투심마저 느낄 정도로 대단하다. 달콤하면서 부드러운, 코끝 간질이는 황홀한 냄새를 맡으며 한입 베어 물면 세상이 에메랄드빛 바다처럼 평화롭고 찬란해지는 기분이 밀려온다. 그래서 어쩌면 밥 배는 없어도 빵 배는 따로 있다고 하는지도 모르겠다.

빵은 그저 배를 채우는 음식이 아니다. 대전 성심당, 군산 이성당, 전주 풍년제과, 대구 삼송빵집 순례에 나서는 이들만 봐도 안다. 빵은 사랑하는 이의 마음을 사

로잡고, 때로는 질투심마저 불러일으키는 영혼의 구원
자가 맞는 것 같다.

# 40. 드라마 〈전원일기〉 역주행

"빠-바바바밤♪ 빠바밤♫"

이 노래만 흘러나오면 떠오르는 이들이 있다. 최장수 드라마 〈전원일기〉 주인공 김 회장, 복길이, 일용엄니, 응삼이 양촌리 사람들이다. 누구나 한 번쯤은 보았을 법한, 한 번 빠지면 계속 보고 싶어지는 드라마다. 마음을 사로잡는 〈전원일기〉의 매혹에 빠지면 헤어 나오기가 힘들다.

몇 년 전부터 〈전원일기〉가 역주행하고 있다. 그리운 양촌리 사람들을 만나서 꼭 되찾고 싶은 게 있어서일 것이다. 그 시절의 향수, 너르고 포근한 한국인의 정서, 사람 냄새 물씬 나는 이야기가 마음을 사무치게 해서일 것이다.

그 감성은 드라마 속에만 있지 않다. 당신도 〈전원일기〉처럼, 누군가에게 사무칠 만큼 그립고, 꼭 되찾고 싶은 존재임을 잊어서는 안 된다.

## 41. '나는 자연인이다' 인기 비결

그 흔한 사랑도, 배신도 없다. 젊고 예쁘고 멋진 배우도 없다. 그런데도 십 년 넘게 시청률 최상위권을 유지하는 프로그램이 있다. 바로 <나는 자연인이다>.

개그맨 MC들이 산과 바다를 오가며 저마다의 이유로 자연을 택한 이들과 함께 지내는 이 프로그램은 어떻게 그 많은 시청자를 사로잡았을까?

나도 그들처럼 살고 싶다는 동경일 수 있다. 그들이 새처럼 자유로워 보여 부러울 수도 있다. 그래도 사람들 틈바구니에 사는 내가 낫다고 느끼는 자기 위로인지도 모른다. 아무도 알아주지 않아도 지치고 팍팍한 삶을 기어코 살아내는 나를 자연으로 훌쩍 데려가기 때문일 수도 있다. 여러분은 왜 이 프로그램을 시청하나요?

# 42. 국밥의 철학

"그런 음식은 술 먹는 사람들이나 먹는 거지…"

서슬 퍼런 저 말을 듣는 순간, 분노가 치밀었다. 퇴근하는 아버지가 가족들이 걱정할까 봐 차마 말은 못 하고, 뜨끈한 국밥 한 그릇과 소주 한잔에 털어내는 힘겨움을 저렇게 깎아내릴 수 있단 말인가.

새벽녘, 모두가 잠든 그때 거리를 깨끗하게 치우며 쌓인 고단함을 국밥 한 그릇에 녹여내는 환경미화원의 소소한 행복을 저리도 짓밟을 수 있단 말인가.

사람과 삶을 몰라도 너무 모르는 이가 쏟아낸 천박한 편견이었다. 국밥의 힘을 무시해도 유분수지, 모르면 조용히나 있던지.

국밥은 그냥 한 그릇이 아니다. 그 온기는 누군가에게 희망을, 그 든든함은 다시 일어설 힘을 준다. 더도 말고

덜도 말고 국밥처럼만 살아도 누군가에게 미움받을 일
은 없다. 당신처럼.

덜도 말고 국밥처럼만 살아도 누군가에게 미움받을 일
은 없다. 당신처럼.

# 43. 라면은 눈물의 역사

라면은 눈물의 역사다. 금메달을 목에 걸고 울던 임춘애 선수는 그날도 라면으로 허기를 달랬다. 어느 회사에서 나온 라면은 너무 매워서 사나이도 울린다. 고입 시험에 떨어진 아들을 그래도 굶기지는 말아야지 싶어서 엄마가 끓여준 라면은 내 마음 깊은 곳의 감정 뚜껑을 열었다.

라면은 맛만 있는 게 아니었다. 눈물도 있다. 라면 한 젓가락에는 참 많은 눈물이 녹아 있다. 라면에 관한 기분 좋은 기억도 시간이 지나면 그리움이 되어 눈물로 번진다.

당신의 눈물을 쏟게 한 라면은 어떤 맛인지 알고 싶다.

## 44. 내가 매일 '이불킥' 하는 이유

그날 그 사람이 울던 얼굴은 그때도, 지금도, 분명 다음에도 용서받을 수 없는 내 잘못이었다. 그 기억이 떠오를 때마다 나는 눈을 감고, 주먹을 꽉 쥔채, 몸을 부르르 떤다. 창피하고, 미안하고, 괴로운 마음은 도무지 감춰지지 않는다.

사실 나는, '이불킥'이라고도 하는 그 행동을 의도적으로 거의 매일 한다. 그 사람은 나를 용서하지 않을 수도 있지만, 내 나름의 사죄 의식이자 용서를 구하고 싶은 소망이다.

살면서 누군가에게 상처를 주고받는 일이 없었다면 정말 좋았겠지만, 살아있는 유기체이기에 숙명이라 여긴다. 그렇다고 그때 그 사람에게 줬던 그 상처와 고통을 공짜로 잊어서는 안 된다. 어떤 식으로든 대가를 치러야 도리라고 믿는다.

그래서 정말 피하고 싶지만, 두 번 다시 떠올리고 싶지 않지만, 지난 일이라고 애써 위로하고 싶지만, 그럴 수 없다. 그렇게라도 하지 않으면 미천하고 미련한 나의 양심마저 나를 용서하지 않을 것 같아서다.

## 45. 생각한 대로 VS 걱정한 대로

프로는 생각한 대로 살고, 아마추어는 걱정한 대로 산다. 그렇다면 나는 분명 아마추어다. 매일, 내가 어떻게 할 수도 없는 일을 끌어안고 걱정하며 산다. 힘들고, 어렵고, 새로운 일을 시작할 때는 걱정과 불안이 최고조에 이른다. 그래서 시작도 하기 전에 주저앉기도 하고, 도전이라는 단어를 모른 척하려고 부단히 애를 쓴다. 영향력 있는 사람이나 상황의 변화도 두렵기만 하다.

이 걱정과 불안의 정체를 알고 싶다. 인간의 본성이라며 그냥 수용하기에는 억울하고, 그것을 이겨내지 못하면 대가를 치를 것 같은 또 다른 걱정마저 생길 것 같아서다.

어쩌면 이 고통에서 벗어나는 방법은 하나일지도 모른다. 바로 '나는 존재 자체로 가치 있다'는 단순하지만 단단한 믿음이다.

## 46. 그가 계속 이름을 묻는 이유

같은 질문을 세 번이나 했다. "근데 네 이름이 뭐라고 했지?"

어느 개그맨이 방송에 함께 출연한 게스트의 이름을 계속 물었다. 저 정도면 실례지 싶었는데, 나처럼 속단했던 사람은 미처 알지 못했던 깊고 너른 뜻이 있었다. 아직 얼굴이 알려지지 않은 그 연예인의 이름을 계속 물으면서 시청자들에게 각인시키려는 목적이었다. 잘 알지도 못하면서 실례 운운했던 내가 얼마나 창피했는지 모른다.

그 개그맨처럼, 배려가 몸에 밴 사람들이 있다. 알리지 않고 자연스레 베푸는 배려라 더 큰 감동이다. 가만히 살피다가 꼭 필요한 순간 던진 말 한마디, 뒷사람 생각해서 문을 슬며시 잡아주는 손, 우산을 씌워주던 낯선 손 같은 그 작은 배려가 누군가에게 엄청난 선물일 수 있다. 우리 모두, 작지만 깊고 큰 배려의 주인공이었으면 좋겠다.

# 47. 교사라는 직업의 위대함

"선생님은 한 사람의 인생을 바꿉니다."

내가 현직 교사 제자들에게 절대 빼놓지 않는 당부다. '교사라는 직업의 위대함'을 나는 몸소 경험한 증인이기 때문이다.

초등학생 시절, 노는 데만 정신이 팔렸는지, 숙제의 의미조차 몰랐는지 모르겠지만, 진짜 숙제를 해본 기억이 거의 없다.

초등학교 2학년 담임선생님이 그 나쁜 습관을 바로잡아주셨다. 학교 끝나면 친구들은 신이 나서 집으로 달려가는데 나만 남았다. 무려 1년 동안 선생님하고 같이 점심 먹고, 숙제를 다 해야만 집에 갈 수 있었다.

그때는 그게 정말 억울하고 힘들었는데, 나이가 들수록 그때 내가 얼마나 큰 사랑과 관심을 받았는지 새삼 느낀다.

그 선생님의 마음 씀과 애씀이 내 성실함과 책임감의
원천이다. 그때 그 1년이, 그때 그 선생님이 내 인생을
바꿨다.

# 48. 끔찍했던 'IQ 검사'

중학교에 입학하면 통과해야 할 관문이 또 하나 있었는데, IQ 검사(지능지수)였다. 괜히 긴장되고, 피하고 싶은 날이었다. 바로 그날, 떨리는 마음을 애써 진정시키고 있었는데, 갑자기 선생님이 심부름을 시키셨다.

교무실에 다녀왔더니 이미 IQ 검사를 하고 있었다. 뭘 어떻게 하는지 몰라서 짝꿍 것을 힐끔거리며 흉내 냈다.

그리고 며칠 뒤 IQ 검사 결과가 나왔다. 내 IQ 85, 몹시 당황해서 어쩔 줄 모르고 있었는데, 왠지 모르게 잔뜩 화가 난 선생님이 나를 교실 앞으로 불러세우더니 매를 들고 믿기 힘든 말을 내뱉으셨다.
"반 평균 깎아 먹은 멍청이…"

그날 이후 나는 IQ 검사를 가르친 적은 있어도, 내가 한 적은 없다. 그런데 그때 그 선생님은 왜 그랬을까?

## 49. 산, 틀림없는 인생의 교과서

함께 산에 올라보면 진짜를 안다. 인생도, 사람도. 그래서 산은 '틀림없는 인생의 교과서'다. 2박 3일 지리산 종주를 대여섯 차례 하면서 희미하게 알게 된 사실이다. 몸과 마음의 건강 챙김은 물론이고, 그 사람의 진면모를 발견할 수 있어서다.

산에 오르면, 턱밑까지 차오르는 숨을 쉬며 운동을 게을리한 나를 반성하고, 곧 죽을 듯 힘든 순간에도 끝까지 버틴 내 끈기를 칭찬한다.

사람도 보인다. 온순하던 사람이 한계 앞에서 고약한 호랑이로 변하고, 차갑기만 한 줄 알았던 사람이 먼저 손을 내밀어 따뜻함을 전해준다.

그저 산에 올랐을 뿐인데 '산 넘어 산'이라는 인생의 진리와 오름이 있으면 내림이 있고, 끝은 반드시 온다는 사실을 온몸으로 배운다. 그러니 포기하면 안 된다는 것을.

# 50. 정든반점 아주머니

"삼촌은 주문하지 말고 있어. 내가 알아서 줄게."

그리곤 어느 날은 짜장, 어느 날은 볶음밥. 한 그릇 값만 받고 두 그릇을 내주셨던 따뜻한 마음. 자취생인 나에게 꼭 필요하다며 시원한 생수도, 반찬도 챙겨주셨다. 갈 때마다 그 고맙고 특별한 마음을 나눠주셨다.

내 인생의 가장 따뜻한 '감사'는 정든반점 아주머니다. 방학 보내고 왔더니 흔적조차 사라진 식당 앞에서 그 아주머니가 참 많이 보고 싶어서, 고맙다고 인사 못 해서, 그 맛있는 음식을 다시 먹고 싶어서 참 많이 울었었다. 큰 눈으로 활짝 미소 지으며 나를 반겨주시던 그 아주머니가 늘 내 기억 속에 있다. 꿈에서라도 만나면 꼭 안아드리고 싶은데, 왜 안 나타나시는지 몹시 속상하다.

"제가 아주머니 꼭 찾을 거예요. 그때까지 건강하게 지내세요."

# 51. 경양식 돈가스집에서

첫 데이트 장소가 하필 한 번도 가본 적 없는 경양식 돈가스집이었다. 나이프는 오른손, 포크는 왼손 머릿속으로 수십 번 그림을 그려가며 연습했다.

연습과 실전은 완전히 달랐다. 나이프와 포크를 어느 손에 쥐는지만 연습했는데, 앉자마자 수프를 줬다. 그리고 곧이어 "빵으로 드릴까요?, 밥으로 드릴까요?" 묻는다. 덜덜 떨리는 목소리로 "아무거나요…"라고 겨우 대답했다. 이 데이트가 망했다는 걸 뼛속까지 느끼는 순간, 쐐기를 박는 질문이 날아왔다.
"후식은 어떤 걸로 드릴까요?"

무슨 말을 어떻게 해야 할지 몰라 당황하고, 그녀 앞에서 너무 창피하고, 어디론가 숨고 싶은 마음에 분노 섞인 그 한마디를 던지고야 말았다.
"안 먹어요! 돈 없다고요!"

# 52. 그분과 만남이 나를

그분을 만나지 못했다면 지금의 나는 없다. 사실 나는 무엇을 좋아하고, 어떤 분야에 관심이 있는지 생각해 본 적이 없었다. 배부른 고민이라 여기며 애써 부인했었는지 모른다. 그만큼 스스로를 가두고, 세상과 거리를 두고 있었다. 살면서 따뜻한 격려와 응원, 관심을 받아본 적 없다는 왜곡된 사고로 점철된 사람이었던 것 같다.

그런데, 그분은 달랐다. "아들아"라고 부르며 나를 보며 웃어주고, 손잡아주고, 밤을 새우며 공부하는 기쁨을 누려보라 권면했다. 그저 그분을 따라 했을 뿐인데 상상도 한 적 없는 인생이 펼쳐졌다.

그분과 만남이 나를 마른 땅에 비가 내리고, 사막이 옥토로 바뀌는 기적의 주인공으로 만들어주셨다. 교수님, 그 은혜 잊지 않고 제 삶으로 증명하며 살겠습니다!

# 53. 만 보 걷기, 삶의 보석을 줍다

십 년쯤 된 것 같다. 하루 1만 보 이상 걷기를 실천한 게. 처음에는 단순히 다이어트가 목적이었는데, 실천할수록 생각지도 못한 오색 빛깔 보석들이 쏟아졌다.

일단 하루 1만 보 이상 걸으려면 무슨 일이 있어도, 귀찮아서 꼼짝하기 싫어도 몸을 움직여야 했다. 게으름과 작별이 거기서 시작됐다.

걷기 시작하면 무아지경이었다가, 별 쓸데없는 생각도 했다가, 참 친하게 지냈던 친구가 보고 싶고, 마음 아프게 해서 미안했던 이의 얼굴과 목소리가 내 의지와 상관없이 떠오른다. 번뜩이는 아이디어도 펼쳐진다. 그래서 오늘도 나는 발걸음으로 나를 찾아 나선다.

하루 1만 보 이상 걸으면 몸과 마음의 건강을 지키고, 문득 떠오른 그에게 전화해서 관계의 돈독함도 쌓고,

오만가지 생각 속에서 별빛처럼 반짝이는 보석들을 발
견할 수 있다. 그 색다른 맛이 알고 싶다면 어서 자리에
서 일어나기만 하면 된다.

## 54. 내 손길이 할머니 손길처럼

"아빠 손은 약손♬ 아은이 배는 똥배♪"

피곤하다던 딸이 또 배탈이 났다. 혼이 나간 듯한 표정으로 화장실 들락거리면서 "배 아프다" 신음하는데 애잔하고 안쓰럽다. 딸이 손톱만큼만 아파도 내 가슴은 쪼그라든다. 역시, 자식 아픈 것만큼 견디기 어려운 일은 없다.

우리 할머니가 그랬던 것처럼, 나는 딸이 배탈이 날 때마다 배를 문질러주면서 저 노래를 불러준다. 우리 할머니는 나를 끔찍이도 사랑하셨다. 내가 티끌만큼 아프면 태산처럼 품어주셨다.

그 사랑을 그리며 오늘도 딸의 배에 손을 얹는다. 내 손길이 할머니 손길처럼 따뜻하게 전해지기를 바라며.

## 55. 틀린 게 아니라 다름!

‘쩝쩝 소리 내면서 먹을 수도 있지’ 이해하면 그만이
다. ‘남들 다 아는 상식을 모를 수도 있지’ 핀잔줄 것 없
다. 보는 눈이 다르면, 다르게 보일 뿐이다.

오해는 하지 말자. 공동체를 유지하는 질서와 규칙을
깨뜨리자는 게 아니다. 틀림이 아니라 다름을 말하고
싶은 거다. 해를 끼치지 않는 생각과 행동, 판단과 평가
는 틀림이 아니다. 다름의 영역이고, 그 빛깔은 무궁무
진하다.

나만 옳고, 내 생각이 더 그럴듯하고, 내 행동만 바르
다고 믿으면 다름을 틀렸다고 오해하기 쉽다. 다름을
틀림으로 인식하는 그 고정관념부터 깨자!

## 56. 전국노래자랑의 눈물

매주 일요일 오후, 우리 집에서는 작은 실랑이가 생긴다. 전국노래자랑 시청을 두고 아내와 유쾌한 한판 대결이 펼쳐진다. 그 싸움에서 거의 매번 내가 승리한다. 힘이나 목소리 크기 때문이 아니라, 작지만 강한 희망을 노래하는 전국노래자랑만의 매력에 압도되기 때문이다.

세상 모든 근심 걱정 내려놓고 춤추고 노래하는 출연자들을 보는 것도 재미지만, 백미는 따로 있다. 마음에 감동 방울이 떨어지게 만드는 '전국노래자랑의 눈물'이 바로 그것.

100세 노인이 구성지게 노래 한 곡 하더니 "내가 살아있으면 또 만나자"고 하신다. 그 말씀에 사회자와 출연자, 관객과 시청자까지 모두 한숨처럼 감동의 눈물을 흘린다. 투병 중인 부모에게 힘이 되고 싶다며 막춤을 추는 50대 딸을 보고 또 운다. 그 감동과 눈물이 우리를 티브이 앞으로 불러 세우곤 삶의 작은 기적을 속삭인다.

## 57. '안동역 10년'의 약속

"잘 살았어요? 잘 살아줘서 기뻐요."

안동역, 그 '10년의 약속'이 이뤄졌다. 2015년 VJ와 대학생들의 약속, 그 장면이 다시 펼쳐질지 온 나라가 숨죽여 지켜봤다. 그리고 10년 전 바로 그 시간, 그 장소에서 그들이 다시 만났다. 대한민국이 '약속은 약속'이라는 소중함과 '10년이 지나도 변하지 않은 그 무엇'이라는 낭만(浪漫)에 사로잡혔다.

나도 그 약속이 이뤄지기를 두 손 모아 기도했다. 마음 졸이며 화면을 보는 데 그들의 약속 시각이 다가올수록 왠지 모르게 감정이 요동치며 자꾸 눈물이 났다. 그 알 수 없는 눈물의 의미를 내 기억의 속삭임이 알려줬다. 그들의 만남이 내 기억 속 그 시절, 그 순간, 그 사람과 겹쳐져 결국 눈물로 흘러내렸다.

안동역에 모여든 사람들, 티비 앞에 앉아 마음 졸이던
모두가 시간이 흘러도 변하지 않는 무언가, 그 낭만이
여전히 살아있음을 함께 확인하고 싶었던 것 같다.

# 58. 부시맨과 콜라병

부시맨에게 콜라병은 '하늘이 내려준 선물'이었다. 투명하고 단단한 그 물체를 어디에 쓰는지 몰라 곡식을 빻거나 장식으로 사용하고, 악기로도 썼다. 그저 달콤한 음료를 담았던 정도의 존재가 결코 아니었다.

존재는 본질을 앞선다. 선택과 경험, 관계에 따라 본질이 정해진다. 사물이 그렇듯, 사람도 마찬가지다. 어떻게 바라보고, 경험하고, 관계를 설정하느냐가 핵심이다. 존재와 본질은 바라보는 눈에 따라 끝없이 달라진다.

아무도 걷지 않은 새하얀 눈길처럼 순결하고 아름답게 '그 사람'을 바라보면 달리 보일 것이다. 내가 당신을 사랑하고, 관심을 두는 것처럼.

## 59. 엄마의 말에는 늘

"아직 찌개가 서운하게 끓었어."

어서 아들내미에게 뜨끈한 밥 한술 먹이고 싶은 엄마의 마음이 불난 호떡집 같다. 종종거리며 냄비 뚜껑을 열었다 닫았다 하면서 아직 덜 끓은 찌개가 야속한 듯 노려본다. 그런 엄마를 뒤에서 물끄러미 보는 나에게 그 찌개는 맛이 없을 수가 없다. 아니, 그 찌개보다 맛있는 음식이 세상에 존재할 수 없다.

"줘도 줘도 자꾸 주고 싶은 병에 걸려서 손이 솥뚜껑만 해졌어."

자식들에게 자꾸, 무엇이든 주고 싶은 엄마의 마음이자 무엇보다 값진 인생철학이다.

엄마의 말에는 늘 사랑이 숨어 있다. 값을 매길 수 없는 은혜가 담겨있다. 그분을 매일 떠올리는 것 말고는 해드릴 게 없어 마음이 저린다.

# 60. 둥근 지구, 돌고 도는 인생

지구는 둥글고, 인생은 돌고 돈다. 요즘, 104세 외할머니를 보면서 이 명제를 곱씹는다. 참 단아하고 수줍은 소녀 같던 외할머니가 100세를 넘기면서 조금씩 어린 아이로 돌아갔고, 104세가 된 지금은 봄날이 저물듯 살랑이며 마치 신생아가 된 것 같다.

만약, 죽음이 없다면 자라고 늙고 다시 아이가 되는 순환이 계속될 것만 같다. 그러나 사람은 흙에서 와서 흙으로 간다는 진리를 피할 수 없다. 그래서 그 진리 앞에 서면 서글프고 아쉽고 불안할 수밖에 없다.

누구나 살면서 도약과 비상을 꿈꾼다. 그런 인생이 멋지고 힘 있어 보인다. 그런데 지금 곱씹는 명제대로라면, 참된 인생은 돌격이 아니라 돌아가는 것 아닐까? 품으로, 곁으로, 그리고 본향으로.

# 61. 아버지의 잘못 걸린 전화

아버지가 전화기를 바꾸셨다. 몇 번이나 벨소리를 확인하고, 반가운 사람들과 통화하는 상상을 하면서 아이처럼 설레셨다고 했다.

그런데 웬일인지 전화 한 통 오지 않았다. 며칠이나 지나서 기다리고 기다리던 전화벨이 울렸다. 떨리고 감격스러운 마음에 목소리까지 가다듬고 전화를 받았는데, 글쎄 잘못 걸린 전화였다.

아버지의 그 이야기를 듣고 속없는 나는 빵 터지고 말았다. 그 상황이 그림으로 그려지면서 얼마나 재미있던지 웃음을 참기가 괴로웠다.

동시에 무척 죄송한 마음이 들었다. 엄마한테는 하루가 멀다 전화해서 시시콜콜 이야기를 쏟아내는데, 아버지께는 어려운 결정할 때만 전화 드렸던 게 생각났기 때문이다.

　아버지께 마음을 표현하는 게 왠지 쑥스럽고 부끄럽지만, 엄마에게처럼 자식 그리운 그 마음을 이제라도 채워드려야겠다.

## 62. 눈은 게으르고, 손은 부지런하다

하지(夏至) 무렵, 감자밭에서 일을 돕고 있었다. 덥기도 덥고, 그 많은 감자 고랑을 보고 한숨이 절로 나왔다. 나도 모르게 입술은 삐죽 나와 있었고, 볼멘소리가 자꾸만 터져 나왔다.

바로 그때, 동글동글 아담하고, 개나리처럼 활짝 웃는 동네 할머니 한 분이 오시더니 말씀하셨다.

"언제나 눈은 게으르고, 손은 부지런하단다. 손을 따라가야 쉽다."

그날 이후 내게 큰 변화가 찾아왔다. 하기 싫거나 너무 힘들어서 포기하고 싶을 때마다 그 할머니 목소리가 귓가에서 맴돌았다. 그 말씀처럼, 손을 따라갔더니 어느새 마침표가 찍혀 있었다.

지금은 천국에 계신 그 할머니가 내게 인내의 진주를
가르쳐주셨다. 눈은 게으르고, 손은 부지런하다.

# 63. 그래서 평소에 잘해야 한다

사람은 평소에 잘해야 한다. 그 사람과 내가 함께 쌓은 역사가 훗날의 감정과 생각, 행동을 모조리 결정하기 때문이다.

사사건건 시비를 걸고, 괴롭히고, 며느리 못살게 굴던 시어머니가 있었다. 며느리는 그런 악독한 시어머니 밑에서 수십 년을 견디며, 남편마저 제 편이 되어주지 않는 삶을 살아야 했다. 세상에 이런 시어머니가 또 있을까 싶을 만큼 고약했는데, 세월은 누구에게나 공평한 법, 결국 그도 늙고 병들고 말았다.

문제는 며느리 말고는 돌볼 사람이 없다는 것이었다. 아들이 있다고는 하지만 아침에 밥만 먹고 출근해버리면 수발은 고스란히 며느리 몫일 수밖에 없었다. 며느리에게는 못 본 척하며 등을 돌리든지, 아니면 힘들어도 도리를 다하는 천사가 되든지 두 가지 선택지가 있었다.

　결국, 며느리는 날개만 없는 천사의 길을 택했고, 말로 다할 수 없을 만큼 애쓰고 마음을 쏟았다. 이 정도라면, 아무것도 모르고, 하지도 않았으며, 할 줄도 몰랐던 그 아들이자 남편은 무릎이라도 꿇어 사죄해야 옳다.

## 64. 행복은 말과 행동이 만든다


　말과 행동이 행복을 결정한다. 결혼은 좋은 것이고, 시부모도, 장인 장모도 좋은 사람이 훨씬 많다. 그런데 티브이를 틀면 결혼은 불행, 육아는 고행처럼 묘사된다. 양가 부모를 무시무시하게 만든 이야기는 너무 많다. 그런 생각은 버려야 한다. 현실은 다르기 때문이다.

　외국에서 시집온 며느리 집을 보고 엉엉 울면서 수리해 준 시어머니가 있다. 교통사고로 장애를 입은 사위를 수십 년 돌본 장모도 있다.

　겪어보지도 않고 누군가 말한 대로 결론 내리는 것은 착각이다. 무엇과도 바꿀 수 없는 기쁨이 담긴 보물 상자를 열어야 한다.

## 65. 그냥, 그 말에 담긴 진심

그냥, 너무 쉽게 자주 쓰는 이 말은 꼭 카멜레온 같다. 어디에 붙어도 그 쓰임새가 안성맞춤이다. 그냥 좋거나 그냥 싫거나, 라임도 탁월하다. '그냥 해야 한다'는 말은 가슴에 날아와 꽂힐 정도로 강력한 메시지가 있다.

나는 '그냥'이라는 단어를 인사할 때 주로 쓴다. "그냥 전화했어", "그냥 생각나더라고", "그냥 보고 싶어서"라고 속삭이면 행복을 노래하지 않는 사람이 없다.

이 글을 쓰는 이유는 '그냥'이라는 표현으로 당신에게 닿고 싶어서다. 나는 당신이 그냥 좋다. 내 글을 읽어주는 당신은 그냥 마냥 좋다.

당신의 '그냥'은 어떤 얼굴로, 누구에게 건네지고 있나요?

## 66. 그런데 나는?


"아니 아니, 그 말이 아니고… 아니, 잠깐만. 내 이야기 좀 들어봐! 아 좀!!"

오늘도 똑같은 이유로 싸웠다. 정작 하고 싶었던 말은 온데간데없고, 자기 듣고 싶은 말만 그것도 듣고 싶은 대로 듣는다. 한두 번 마주하는 장면도 아니지만 이럴 때마다 심장이 터질 것처럼 답답하다. 서운함은 말할 것도 없다.

잠깐만 들어주면, 자기가 이해한 게 맞는지 한 번만 물어주면 다툼도, 답답함도, 서운함도 없었을 텐데.

그런데 나는, 그 사람의 마음을 듣고 공감하고 이해하려고 했었던가? 남 얘기할 때가 아니다. 결국, 시작은 나다. 어렵고 힘든 경청, 그 길을 오늘부터 걸어간다.

# 67. "20년째, 이별 중입니다"

또 그렇게 불쑥 찾아오면 내가 널 생각하잖아. 부른 적도, 찾은 적도 없는데 왜 온 거니? 그러면 나는 가슴 먹먹한 하루를 또 견뎌야 해.

나는 아직도, 20년째 이별의 시간 속에 갇혀 있다. 날벼락처럼, 아무 예고도 없이 배신하고 떠난 그 사람이 나를 찾아와 괴롭힌다. 꿈속에 나타난 그 사람이 웃으면, 나는 또 울어야 한다. 아무리 꿈이라지만 다시 만날 수도, 용서할 수도, 이해할 수도 없음을 왜 모를까?

언제쯤 그 사람과 이별을 완성할 수 있을까? 사랑이라 부르기엔, 상처라 하기엔 너무 큰 흔적이라서, 지워지지 않는 기억이라서, 그 이별의 끝이 보이지 않는다. 이제는 제발, 꿈에서도 나를 놓아주기를, 내 기억에서도 서서히 사라져 주기를.

## 68. 자녀는 집에 온 귀한 손님

"어떤 부모가 좋은 부모입니까?"

"자녀를 '귀한 손님'으로 대하는 부모가 좋은 부모입니다."

어느 정신과 의사의 대답을 듣고 무릎을 쳤다. 귀한 손님이 오면 극진히 대접한다. 있는 것 없는 것 다 꺼내서 그 사람이 좋아하고, 원하는 것으로 정성껏 섬긴다. 그 덕에 그 귀한 손님은 흐뭇하게 머물다 행복한 기억을 안고 떠난다. 부모가 자녀를 대하는 것도 마찬가지라는 것인데, 이보다 탁월한 메시지를 들은 적 없는 것 같다.

그 귀한 손님은 우리 집에 감히 올 수 없는, 기적 같은 존재이다. 세상에 단 하나뿐인 존재가 내 품에 머물러 준 것도 영광인데, 고맙다고, 행복하다고, 사랑한다며 선물 꾸러미를 풀어놓는다.

자녀를 둔 것만으로 부모는 이미 최고의 영광을 받은 사람들이다.

## 69. 엄마의 '행복한 질투'

오동통 볼살, 앙증맞은 손, 반달 모양 눈웃음까지…

이보다 더 완벽할 수 없는 딸아이를 안고 좋아서 어쩔 줄 모르는 나를 보고 엄마가 묻는다.

"네 새끼냐? 그렇게 예쁘냐?"

엄마가 '행복한 질투'를 하는 것 같았다. 엄마의 눈빛이 그 마음을 노래하고 있었다. 그토록 사랑했고, 지금도 앞으로도 영원히 사랑할 존재가 다른 여자와 사랑에 빠진 장면을 목격했으니 충분히 이해되는 감정이었다. 엄마도 나에게 티끌만 한 공백도 없이 사랑을 주었는데 그때는 모르더니, 자기 아이에게는 금세 알고 풍성히 표현하는 걸 보면 질투가 날 만도 했다.

엄마의 행복한 질투는 뭉클함, 고마움, 그리고 왠지 모를 미안함으로 다가와 내 마음을 색칠했다. 아이를 품기 전에는 몰랐던 사랑, 엄마의 눈빛 속에서 비로소 깨달은 사랑이 모여, 오롯이 행복으로 남았다. 우리 셋이 함께 완성한 가장 아름다운 풍경이다.

# 70. 미움의 반대말은 이해

라디오에서 흘러나오는 어느 중년여성의 눈물이 내 마음을 사로잡았다. 그녀는 엄마의 관심도, 사랑도 받은 적이 없었다고 했는데, 씻겨주지 않은 게 가장 서럽고 속상했었다며 울었다.

그런데 엄마가 나이 들어 돌볼 사람이 필요했는데, 그 딸 말고는 아무도 없었다. 분노와 서러움을 억누른 채, 미워죽겠는 엄마를 돌봤다. 먹이고, 재우고, 씻기며…

하루는 엄마를 씻기는데 갑자기 대성통곡을 해서 깜짝 놀라 물었더니 돌아온 대답은 예상치 못한 것이었다.
"누가 나를 씻겨준 게 난생처음이라 너무 좋아서…"

엄마가 딸을 씻겨주지 않은 건 사랑이 없어서가 아니었다. 한 번도 경험해 본 적 없어서 할 줄 몰랐을 뿐이었다. 그때, 미움의 반대말은 사랑이 아니라 이해라는 것을 알았다.

# 71. 할머니가 주신 선물

어린 마음엔, 그 힘듦이 하루빨리 끝나길 바랐다.

초등학교 1학년 어느 날 아침, 할머니가 몸이 이상하다며 빨리 엄마를 부르라고 하셨다. 뇌경색이었다. 그날 이후, 할머니는 20년 가까이 스스로 거동하지 못하셨고, 햇살이 잘 들지도 않는 좁은 방안에만 머무셨다.

식사를 챙기고, 머리 감겨 드리고, 대소변을 치우는 새로운 역할이 우리 가족 모두에게 생겼다. 할머니를 돕는 일이 쉽지는 않았지만, 싫지 않았다. 그러나 곱게 빗은 쪽머리에 한복이 그렇게 잘 어울리던 할머니의 애처로운 일상을 지켜보는 일은 무척 괴로웠다.

시간이 흐른 뒤, 나는 어느새 노인들의 마음을 어루만지는 일을 하고 있었다. 할머니를 도와드리며 느꼈던 그 안타까움이 나만의 아주 특별한 자산이 되어 있었다. 그건 예쁜 우리 할머니가 주신 또 하나의 선물이 분명하다.

# 72. '화(火)'끈한 사나이

내 동생은 어릴 적부터 '화(火)'끈한 사나이였다. 별명도 '불낸 놈'이었다.

여섯 살 때 친구가 놀러 와서 춥다 하자, 성냥을 켜서 따듯하게 해주려다 집을 홀라당 태웠다. 작은 손으로 불을 끄려다 화상까지 입고 말았다. 그날 이후 동네 어른들은 그를 볼 때마다 "불낸 놈"이라 불렀다.

커서도 그 화끈함은 멈추지 않았다. 회사에서 큰 화상을 입는 사고도 겪었다. 그래도 그는 다시 일어섰다. 일도, 사랑도, 자녀 양육도 화끈하게 한다. 거침없고, 속임없는 확고한 그의 삶이 자랑스럽다.

# 73. 그 장면이 인생의 버팀목

강의 속 한 장면이 내 마음을 오래 흔들었다. 무뚝뚝한 아버지와 딸의 이야기였다.

학교 갔다가 오는데 아버지가 들에서 허리를 깊이 숙인 채 무언가를 애타게 찾고 계셨다. 다가갔더니 환하게 웃으시며 떨리는 손으로 '들꽃다발'을 건네셨는데, 그 순간 눈물이 터졌다. 기쁨에 사로잡힌 눈물이었다. 그 기억이, 그 장면이 인생의 버팀목이었다고 했다.

나도 딸에게 그 한 장면을 남기고 싶어서 날마다 애를 쓰고 있다. 어제 내가 이렇게 고백하자, 딸이 활짝 웃어주었다. 순간, 내 안에 햇살이 가득 차올랐다.
"너는 가치 있고 아름답고 소중해 늘♥"

# 74. 반딧불과 별똥별

숨 막히게 덥고 습한 여름, 그래도 기다려지는 손님들이 있다. 선물처럼 마주하는 반딧불이 첫 번째 손님이다. 얼마나 귀한 존재인지 만나면 탄식부터 나온다. 사진 찍을 틈조차 잘 허락하지 않기에 눈과 마음에 어서 담아야 한다.

허름한 돗자리에 누워 계곡 바람 연주에 맞춰 흥얼거리면 두 번째 손님이 찾아온다. 별똥별이다. 순간 반짝였다 사라지는 별똥별을 보면 옛사랑을 마주친 것처럼 가슴이 떨린다.

반딧불과 별똥별을 그토록 좋아하는 이유는 '있지만 소유할 수는 없는 존재'이기 때문일 것이다. 사람도, 사랑도 그들처럼 대하면 어떨까? 곁에 머무는 그 짧은 시간조차 더 오래, 더 소중하게 느껴질 것 같다.

# 75. 사랑, 그리고 싸움

"마음에서 불이 나는 것만 같았어!"

순둥이 딸이 화가 잔뜩 나 있었다. 놀이터에서 잘 놀고 있는데, 느닷없이 아는 동생이 시비를 걸었다는 것이다. 자기를 무시하는 것 같고, 마음 아프게 했다며 다시는 놀지 않겠다고 단단히 벼르고 있었다. 놀이터에서 벌어지는 여자아이들 사이의 미묘한 세계를 나는 '놀이터 여인천하'라 부른다.

사람은 누구나 알려주지 않아도 잘하는 게 있다. 사랑, 그리고 싸움. 생존과 관계된 본능이니 탁월하지 않으면 안 된다. 하지만 사랑도, 싸움도 치열하기만 해서는 안 된다. 어른이 옆에서 가만히 알려주고, 지켜봐 줄 때 아이의 삶에 스며든다.

# 76. 메이커 운동화

그게 뭐라고, 왜 그렇게 갖고 싶었을까?

내가 좋아하는 메이커 운동화를 가진 친구는 부러움을 넘어 선망 그 자체였다. 그런데 우리 엄마는 왜 그렇게 안 사줬을까? 그렇게 좋아한다는데, 남들은 다 있다는데, 왜 나만 안 사주는지 그 서운함과 서러움은 견우와 직녀의 이별과 견주어도 모자람이 없었다.

애걸복걸, 엄마를 조르고 졸라 겨우 메이커 운동화를 사서 신은 그 순간 나는 아주 특별한 사람이 되어 있었다. 모든 걸 가진, 부자도 그런 부자가 없었다. 한달음에 달려가 드디어 나도 자랑 좀 하려는데, 세상에 이런 비극이.

친구가 에어(Air) 달린 메이커 운동화를 신고 있었다. 고개를 푹 숙이고 넘칠 것 같은 눈물을 애써 감추며 다시 달리는데, 그 순간 입에서 절로 터져 나온 한마디.


"엄마~!"

## 77. 자전거 배우는 것처럼

"놓지 마! 절대 놓으면 안 돼! 알았지?"

신신당부하고 어느 순간 돌아보면 나 혼자다. 그제야 비로소 손에서 땀이 차던 순간을 넘어 자전거를 탈 수 있게 된다. 덜컹거리며 넘어지고, 무릎이 까져도 결국 자전거 타는 법을 배우고야 만다. 이제는 누군가 잡아주지 않아도, 신신당부하지 않아도 마냥 즐길 수 있다.

삶도, 누군가 손을 놓아주는 순간, 비로소 나만의 속도를 찾는다. 하다 보면 되고, 결국 스스로 그 어려운 일을 해내고 만다.

지금은 모든 게 서툴고, 무섭고, 자신 없어도 묵묵히 하다 보면, 어느 순간 돌아봤을 때 자연스럽게 해내는 나를 만날 수 있다.

지금 흔들려도 괜찮다. 이제는 바람을 가르며 웃는 네 모습이 기다린다.

# 78. 기분 좋은 실랑이

불판에서 삼겹살이 지글지글 익어가는데, 갑자기 소란이 일었다.

"제가 살게요. 진짜 대접해 드리고 싶어서 그래요."
"아이, 무슨 소리야. 당연히 내가 내야지!"

계산 실랑이가 한참 이어졌다. 그래도 눈살 찌푸리는 이 하나 없었다. 주변 사람들이 웃고 고개를 끄덕이며 바라봤다. 세상에는 이렇게 기분 좋은 실랑이도 있다.

그건 뽀송뽀송한 마음 때문이었다. 당신을 만나서, 당신과 함께할 수 있어서, 다음번에 또 만날 기회를 달라는 사랑이 담뿍 묻었다. "그럼, 다음에는 제가 살게요"라는 그 짧은 약속이, 오래가는 정을 대신해 말했다.

## 79. 남들은 모르는 신호

딸과 나 사이엔 남들은 모르는 신호가 있다. "김딸쓰" 하면, "빰빠바바바밤", 방귀 뀌면 "축복을 주셔서 감사합니다" 한다. 외계어 같기도 하고, 이상한 주문 같기도 한 이 신호를 하루에도 수십 번 주고받는다. 문자로 보내도 신호는 어김없이 돌아온다.

이 신호는 무엇보다 딸에게 유쾌한 기억을 선물한다. 뜻밖의 장점도 있다. 전화 속 상대가 우리 딸인지 확인할 때, 이 신호만큼 확실한 방법이 없다.

나는 날마다 딸에게 어떻게 하면 좋은 기억을 더 많이 만들지를 고민한다. 세상 어떤 일보다 소중한 값어치가 여기에 있다.

당신과 누군가만 아는 신호는 무엇인가요?

## 80. 가게에서 파는 전 VS 집에서 만든 전

누가 퀴즈를 냈다. "가게에서 파는 전과 집에서 만든 전, 어느 쪽이 더 맛있을까요?"

당연히 "집에서 만든 전"이라고 했는데 아니란다. 그 이유를 묻자 돌아온 대답이 묘하게 설득력 있었다.

"집에서 만든 전은 며느리가 대충했고, 가게 전은 손님에게 팔려고 정성을 들였거든요."

순간 웃음이 나왔지만, 곱씹을수록 씁쓸했다. 언제부턴가 명절이 온 가족의 축제가 아니라 누군가에게 공공의 적이 되었다. 그런데도 명절은 달력에 멀쩡히 살아남아, 아무리 피해 가려 해도 매년 우리를 찾아온다.

그렇다면 방법은 하나 엄마에게도, 아내에게도, 며느리에게도 무조건 감사하며 서로 돕고 웃으며 상생의 길을 찾는 수밖에. 그 길을 추석 특선 영화가, 과자 종합 선물 세트가 굳건히 응원할 것이다.

# 81. 이 새벽의 "뭐해?"

꼭 그러더라, 이 새벽에. "뭐해?"라고 묻는 그 글자가 울리면, 잔잔한 내 맘에 파도가 일어난다. 고요했고, 평안했고, 참 좋았는데, 왜 또 뒤집어 놓는 거야. 수백 가지 생각이 한꺼번에 몰려와 괴롭고 아픈데도, 가슴 저편에서는 조금, 아니 아주 반갑고 좋다.

어제 이별했든, 한참 전에 이별했든 시간은 상관없다. 너의 "뭐해?"는 언제나 나를 그 끔찍하던 순간, 그리워 사무쳐 울던 그때로 데려간다.

생각해보면 내가 보낸 "뭐해?"도 누군가의 마음을 똑같이 아프게 했을지 모른다. 미안해, 하지만 보고 싶어서 그랬어. 이번엔 벌을 받는 마음으로 기다릴게. 네가 보내주는 단 한 줄, 그 짧은 "뭐해?"를.

## 82. 별걸 다 기억하는 남자

'별걸 다 기억하는 남자', 나를 부르는 또 다른 이름이
다. 솔직하게 말하면 '별 쓸데없는 걸 다 기억하는 남자'
라는 의미가 더 강하다.

어려서부터 친구 부모님 이름을 외웠다. 친구 녀석들
놀리려고 일부러 외운 게 아니라 한번 보면 그대로 기
억됐다. 친구 집 전화번호도, 학교 다닐 때 선생님 존함
도 그랬다.

졸업한 지 한참 지난 후에 친구가 우연히 길거리에서
선생님을 뵙고 존함이 생각 안 난다고 전화했을 때, 내
가 툭 내뱉자마자 신기해했다.
삼십 년이 넘었는데 마치 전화번호부에 연필로 적어
놓은 듯 지워지지 않는다. 친구 부모님 성함과 집 전화
번호, 선생님 존함이.

나도 왜 그걸 기억하고 있는지 모른다. 그저 친구들이 좋아서, 오래도록 그리워서, 기억이 내게 남겨준 선물이라 여긴다.

## 83. '판관 포청천'이 그리운 이유

나라가 시끄럽거나 정의가 무너졌다고 느낄 때 나는 이 사람을 떠올린다. 답답한 속을 뻥 뚫어주는 그 남자 '판관 포청천'. 90년대 한창 유행했던 중국 드라마 주인공인데, 정의를 구현하고, 권선징악의 결말을 완성하는 인물이었다. 탐관오리와 악당들이 그의 이름만 들어도 무서워서 벌벌 떨었다.

드라마와 실제 삶이 같을 순 없다는 것을 잘 안다. 하지만 우리는 끝끝내 판관 포청천처럼 지극히 상식적이고, 정의로우며, 애민 정신을 실현하는 어른을 기다린다. 원칙과 소신, 정의와 선의로 사람들을 대하는 진정한 리더를 찾는다.

"작두를 대령하라"며 악당에게 호통치던 판관 포청천이 그리운 것은 바로 지금 그 어른, 그 리더가 필요하다는 시대의 부름일지도 모른다. 그의 단호함 속에는 백성을 향한 연민이 있었다. 요즘은 그런 눈빛이 더 그립다.

# 84. 그 말 한마디면 된다!

쇼핑은 나에게 고문 같은 시간이다. 그 즐거운 쇼핑을 싫어하는 사람도 있냐고 묻겠지만, 나는 진짜 쇼핑이 싫고 힘들다. 오죽 싫으면 옷 가게에 들어가서 처음 눈에 띈 옷을 바로 달라고 한다. 그리곤 내가 먼저 "안 맞아도, 마음에 안 들어도 바꿔 달라는 소리는 절대로 하지 않겠다"고 약속한다.

그런 내가 친구의 옷을 골라준 적이 있었다. 그 친구가 "네가 옷 보는 눈이 있잖아!"라고 한마디를 했을 뿐인데, 완전히 다른 사람이 됐다. 앞장서서 옷을 고르고, "이것도 입어 봐, 저것도 입어 봐"라며 쇼핑을 즐기고 있었다.

말 한마디가 이렇게나 놀라운 거였다. 그 사람이 왜 내 마음을 몰라주는지 섭섭해하지 말고 그 말 한마디면 된다. 내가 산증인이다.

## 85. 가벼움 그리고 무거움

몸무게가 가벼워진 것만큼 뿌듯한 일도 없다. 고민과 걱정에 한숨이 늘었었는데 그 고단함이 가벼워진 것도 큰 행복이다. 어렵고, 힘들게만 여겼는데 이제는 그 일의 무게가 한결 가벼워졌다. 그 덕에 자신감이 생겼다.

나를 향한 네 마음이 더욱 무거워졌다는 그 말이 나를 웃게 했다. 책임감마저 생겼다. 내 역할과 비중이 무거워진 것을 느낄수록 내가 더 근사해졌다. 그 무게만큼 나는 성장하고 성숙했다.

인생의 가벼움과 무거움이 우리를 반짝이게 한다. 가벼워도, 무거워도 당신은 그런 존재다.

# 86. 그때는, 지금은

한겨울에 얼음 깨고 빨래하던 엄마를 보면 참 속상했었다. 목장갑에 고무장갑까지 끼고, 더운물로 빨래하는데도 손이 얼마나 시린지 입김을 불던 장면이 잊히지 않는다. 엄마는 왜 그랬을까? 그때는 우리 집에 세탁기가 없었기 때문이다.

무거운 짐을 머리에 이고 가면서 일그러진 엄마의 표정도 기억난다. 얼마나 세게 악물었는지 이가 아프다고 하시던 그날의 표정과 고단함이 내 마음에도 무겁게 내려앉았다. 엄마는 왜 그랬을까? 그때는 우리 집에 트럭이 없었기 때문이다.

그렇다면, 지금 내가 더 열심히 살아야 하는 이유도, 끝까지 견뎌야 하는 이유도 마찬가지일 것이다. 지금은 내게 그것이 없어서 오늘도 버틴다.

## 87. 나에게 보내는 세 가지 인사

그때의 내가 그립고, 지금의 나에게 고맙고, 미래의 나
는 반갑다. '내가 나에게 인사한다면, 과연 어떤 말을 할
까?'를 곱씹으며 떠오른 문장이다. 그때의 내가 있었기
에 지금의 내가 있고, 지금의 내가 있기에 미래의 내가
있다. 나에 대한 그리움과 고마움, 반가움을 기억하는
것만으로도 그 자체가 근사한 선물이 된다.

원하고, 하고 싶었지만, 하지 못했던 기억이 아쉬워도
괜찮다. 그것과 견주지 못할 만큼, 견디고 버텨낸 그때
의 내가 있었기 때문이다.

지금의 나도 그 대단한 일을 견디고 해내고 있다. 그러
니 바빠도, 힘들어도, 정신없더라도 부단히 애쓰는 지금
의 나에게 고마움을 잊지 말자. 그래야 미래의 내가 다
가와 반가운 미소로 나를 맞이할 것이다. 미래의 내가
지금의 나에게 전하는, 꼭 하고 싶은 인사다.

## 88. 끝내 전하지 못한 말

그날, 모든 게 달랐다. 공기도, 온도도, 너의 숨소리도. 너는 마치 나를 처음 만난 사람처럼 낯설어했고, 어딘가 모르게 행동이 부자연스러웠다.

역시, 슬픈 예감은 한 번도 틀린 적이 없다. 어둠이 내리던 골목길에서 서둘러 돌아서며 인사도 제대로 하지 않더니, 이윽고 전화로 그 말을 내뱉었지.
"우리, 헤어져."
손으로 귀를 막고서라도 절대 듣고 싶지 않았던 말이었다. 주체할 수 없는 마음을 식히려 눈물만 흘렸다. 이제 너를 볼 수 없어서, 만질 수 없어서 슬펐고, 더 잘해주지 못해서, 마음을 아프게 한 미안함에 울었다. 무엇보다, '미안해 그리고 사랑해' 그 한마디를 끝내 전하지 못한 게 참 많이 아팠다.

## 89. 그냥 들어줘

내 마음이 그렇다는 걸, 그냥 알아줬으면 해. 왜 자꾸 네 생각으로 내 이야기를 덮으려 해? 나는 문제를 해결하고 싶은 게 아니라, 그저 내 마음을 보여주고 싶었을 뿐이야.

잘못한 거, 나도 알아. 어떻게 해야 이 상황을 벗어날지도 알고 있어. 그런데 네게 털어놓은 건, 그냥 내 이야기를 있는 그대로 들어줬으면 해서야.

너만 내 마음을 알아주면 돼, 너는 나에게 그런 소중한 존재니까.

알면서도 같은 실수를 반복해서 미안해. 그런데 나에게 너도 너무 소중한 사람이라 조금만 힘들다고 하면, 어떻게든 돕고 싶었어. 앞으로는 그냥 들어주고, 네 마음만 생각할게.

## 90. 그날, 가을 아침

딸과 노래방에 갔다. 조르고 졸라서, 간신히 마련된 우리만의 축제였다.


두꺼운 노래방 책을 뒤적이던 딸이 아이유의 '가을 아침'을 선곡했다.
"이른 아침 작은 새들 노랫소리 들려오면♪♫"


그 맑고 고운 소리를 듣는 순간, 눈물이 툭 떨어졌다. 이유를 알 수 없는 눈물이었는데, 쉽게 그치질 않았다.


작고 여린 생명이 어느새 건강하고 예쁘게 자라준 게 대견해서였을 거다. 세상에 그토록 사랑하는 존재가 있음을 알려준 고마움 때문이었을 거다. 그리고 단단히 다짐했다.


"우리 딸 결혼식에는 죽어도 못 갈 것 같으니, 축의금 봉투만 해야겠다"고.

# 91. 그날 산에서 배운 부끄러움

새로 산 등산화와 등산복, 양손엔 스틱까지 챙겨 들었다. 설악산을 오르던 그날, 갖출 건 다 갖춘 '등산 고수' 같았다.

처음엔 정말 좋았다. 눈이 닿는 곳마다, 마음이 머무는 곳마다 아름다움이 가득했다. 놓칠까 봐 눈에도, 마음에도 욕심껏 담아냈다.

하지만 몇십 분이 지나자 숨이 턱 밑까지 차올랐다. 다리는 무거워지고, 마음은 점점 조급해졌다.

그때, 내 앞에서 한 할머니가 고무신을 신고 그 무거운 쌀 포대를 머리에 이고 오르고 계셨다. 그날, 나는 알았다. 진짜 힘든 건 오르막이 아니라, 나의 얕은 마음이었다는 것을.

## 92. **"이산가족을 찾습니다"**

"오빠다!"

화면에 비친 한 남자에게 여동생의 눈물이 먼저 달려갔다.

"그날 이용실에 날 맡겨두고 갔어요. 날씨가 흐리고요."

"예. 맞아요."

세상에 없던 이름이, 다시 불렸다. 제주에서 달려온 여동생이 오빠를 끌어안았다. 그토록 기다린 품은 낯설 만큼 따뜻했다.

"이 좋은 소식을 누구에게 말하면 좋으냐. 부모가 있어야 말하지…"

1983년 KBS '이산가족을 찾습니다' 방송은 자동으로 눈물이 흐르는 수도꼭지가 따로 없었다. 지금 다시 그 영상을 보기만 해도 마음이 저릿한데, 당사자들은 오죽했을까.

## 93. 너를 다시 본 그 순간

너를 다시 본 그 순간, 심장이 쿵 내려앉는 것 같았어. 네가 나에게 "나는 널 믿어"라고 말한 지, 몇십 년쯤 된 것 같아.

그때 그 약속 지키지 못한 게 마음에 남아서 종종 누군가에게 털어놓곤 했었는데, 이렇게 다시 만나게 될 줄은 몰랐어.

너를 다시 만났지만, 나는 아무 말도 할 수가 없었어. 목까지 차오른 말들은 끝내 입술을 넘지 못했지. 아는 체할 용기도, 자신도 없었거든.

아마 또 지나는 길에 너를 볼지 모르지만, 나는 끝까지 모른 척할 것 같아. 나는 겁쟁이거든.

하지만 내 마음과 눈빛은 이미 네게 말을 걸고 있어.
그때 그 약속 지키지 못해서 진심으로 미안했다고, 그
리고 다시 만나서 정말 반가웠다고.

## 94. 그래서 나는 또 뛰었다

도무지 잠을 잘 수가 없었다. 너무 떨리고, 설레고, 기대가 차올랐기 때문이다. 매년 운동회 전날 밤이면 나는, 불면과 그 묘한 감정을 느끼곤 했다.

"청군, 이겨라! 백군, 이겨라!"

머리에 띠 두르고, 그 촌스러운 운동복 입고 힘껏 달렸다. 분명 나는 우사인 볼트가 따로 없었는데, 늘 뒤에는 아무도 없었다. 친구한테 몰래 배운 대로 맨발로 뛰면 좀 다를까 했는데, 세상은 그리 쉽게 바뀌지 않았다.

과연 나는, 연필이랑 공책을 탈 수 있을까 걱정돼 괜히 서글펐다. 그런데 저 멀리 보이는 우리 엄마도 내가 꼴찌인 게 부끄러워서 고개를 돌리면 어쩌지? 그래서 나는 또 뛰고 말았다.

## 95. 그분의 등이 더 굽기 전에

일, 잠, 그리고 술.

아버지를 떠올리면 자연스레 따라오는 단어들이다.

그들은 일밖에 몰랐고, 쉬는 날이면 잠으로 피로를 달랬다. 술 한잔 말고는 시름을 털어내는 방법도 몰랐다. 그렇게 버티고 견디며, 우리를 키워냈다.

다정한 말은 배우지 못했다. 자상하면 남들이 흉본다는 세상 속에서 사랑조차 투박하게 표현할 수밖에 없었다.

하지만 과연 누가 아버지처럼, 한평생을 자신이 아닌 남을 위해 묵묵히 헌신할 수 있을까. 그분의 등이 더 굽고, 걸음이 더 느려지기 전에 그 마음을 알아차려야 한다. 안 그러면 남은 건 당신의 눈물뿐일지 모른다.

## 96. 그날, 엄마는 소녀였다

초등학교 교문 앞에, 수줍은 소녀가 서 있다. 우리 엄마다. 1년에 단 하루, 몸뻬바지를 벗고, 하얀 블라우스에 정장 바지를 입는 추곡 수매하는 날이다. 뜨겁게·그을리며 길러낸 1등급 쌀값을 받는 엄마에게는 거룩한 날. 우리에게는 그 예쁜 엄마가 자장면 사주는 신나는 날이었다.

학교가 끝나기만을 기다리며 수줍게 미소 짓던 엄마의 얼굴이 아직도 내 마음속에 선명하다. 얼마나 좋았으면, 기다리면서도 그토록 환하게 웃을 수 있었을까. 달려오는 우리를 어쩜 그렇게 따뜻하게 안아줄 수 있었을까.

그날의 공기와 온도, 향기까지 남아 나는 지금도 엄마를 떠올린다. 교문 앞에 서 있던 그 소녀, 내게는 언제나 만지고 싶은 가장 큰 행복이자 기쁨이다.

## 97. 나는 꼬마 모나리자

신기해서, 물끄러미 바라봤다. 거품을 잔뜩 묻힌 아버지가 면도기를 쓸어내릴 때마다, 얼굴이 환해졌다. 왠지 더 멋져 보여서 나도 해보고 싶었다.

하지만 나는 아직 수염이 없었다. 그래서 쪼그리고 앉아 한참을 생각했다.
'수염은 없지만, 눈썹은 있잖아'

비누 거품을 손에 묻혀서 눈썹에 바르고, 아버지 면도기를 들었다. 슥삭슥삭, 어른 흉내를 내며 웃었다. 그리고 거울을 봤다.

한쪽 눈썹 없는 꼬마 모나리자가, 나를 바라보고 있었다.

## 98. 이별도, 담배처럼

담배는 끊는 게 아니라, 죽을 때까지 참는 거라는데 너
와의 이별도 그렇다. 다만, 조금 흐려졌을 뿐이다.

꿈속에서 너를 희미하게 만나면 종일 가슴이 저렸다.
어떤 날은 모르는 여자에게 나는 향기가 너무 익숙해서
애써 떠올렸더니, 바로 너였다.

헤어지면, 그걸로 끝인 줄 알았는데, 아니었다. 문득,
우연히 마주하는 일상 속에서 너는 여전히 존재하고 있
었다. 긴 생머리, 참 예쁘게 웃던 그 실루엣이 지금도 아
른거린다. 명치쯤이 아픈 것도 같고, 저린 것도 같다.

너와의 이별은 담배처럼, 죽을 때까지 희미한 채로 견
뎌야만 하는 일 같다. 아쉽고 아프지만.

## 99. 엄마가 온다

"엄마가 갈게, 엄마 왔어!"
모두를 울리는 따뜻하고, 얼마나 기다린 말인지 모른다.

"내가 갈게, 나왔어"도 고맙고 반가운 말이지만, 그 말
에는 힘이 덜하다. 엄마의 목소리는 세상이 무너져도
나를 붙잡아주는 손 같다. 그 존재가 곁에 있음이 곧 행
복이고, 만족이다.

주어가 엄마로 바뀌는 순간, 밀도와 울림이 달라진다.
죽겠다가도 살아나고, 없던 힘이 난다.

엄마라는 존재는 나를, 우리를 다시 일어서게 한다. 좌
절해도, 실패해도 엄마만 있으면 또 살만해진다.

흔들릴 때, 도망가고 싶을 때, 눈을 감고 이 음성, "엄
마가 갈게, 엄마 왔어!"를 떠올리자.

## 100. 그럴 줄 알았는데…

장판에 새겨진 무늬를 손가락으로 따라 그렸다. 그러면 나만 아는 새로운 세상에 온 것처럼, 아무 소리도 들리지 않았다. 그건 딴생각하기에 아주 좋은 방법이었다.

물론 고개는 최대한 푹 숙이고, 대답해야 할 때를 절대 놓치지 않아야 했다. 기어들어 가는 목소리를 내야 정말 반성하고 있음을 보여줄 수 있었다. 그게 진심이든 아니든 지금 중요한 건 이 순간에서 최대한 빨리 벗어나는 것뿐이었다.

진짜 마법처럼, 그렇게만 하면 어느새 끝이 났다. 화가 잔뜩 났던 부모님이 마침내 말했다.
"나가서 네 할 일 해."

그 분야 전문가인 나는, 딸에게 절대 속지 않을 줄 알았는데…

# 101. 오늘도, 대답은 너

아빠는 매일 너에게 묻는다.


세상에서 가장 소중한 건 뭐야?

점수보다 중요한 건 뭐야?

아빠가 제일 좋아하는 건 뭐야?

아빠가 하루 종일 생각하는 사람은 누구야?

매일 사랑 주고 싶은 사람은 누구야?

아빠가 사랑받고 싶어 하는 사람은 누구야?


너는 언제나 똑같이 대답한다.

"아빠, 당연히 나지!"


아빠는 그 말 하나로 행복을 산다.

# 마음의 온도

**글 읽어줘서 진짜 감사해(프롤로그)**

글: 글을 읽는다는 건, 그 사람의 마음 한 조각을 기꺼이 건네받는 일이라고 합니다.

읽: 읽어준다는 행위 자체가 얼마나 소중한지, 저는 늘 감사하게 생각합니다.

어: 어쩌면 제 글을 읽어주길 바라는 마음이 당신에게 닿았기에 만날 수 있었겠지요.

쥐: 쥐서 행복해지는 게 선물이라면, 제 글도 당신에게 그런 존재였으면 합니다.

서: 서로의 마음을 나누고, 공감하고, 숨을 고르며 위로받는 시간을 담고자 했습니다.

진: 진심과 소망, 작은 이야기들을 한 문장 한 문장에 정성스레 녹였습니다.

짜: 짜릿한 전율은 없더라도, 잔잔히 스며드는 감동과 작은 떨림이 전해지기를 바랍니다.

감: 감사와 포근함, 그리고 오래 머무는 든든함이 당신에게 닿았으면 좋겠습니다.

사: 사람과 사랑, 사이와 사이에 깃든 보편적 이야기의 특별함을 함께 느끼고 싶습니다.

해: 해가 지고 다시 뜨듯, 매일의 소소한 감정들이 얼마나 소중한지 전하고 싶습니다.

# 1. 우리나라 대한민국 만세

**우:** 우리 큰이모는 말로 다 표현할 수 없는 고생 끝에 빛을 보셨어.

**리:** 리어카에 음료수 싣고 다니며 노점부터 시작하셨지.

**나:** 나이도 고작 스무 살쯤, 너무 어린 나이에 모든 걸 짊어지셨어.

**라:** 라디오에서나 듣던 그 옛날 가난했던 현실이 이모의 삶 그 자체였거든.

**대:** 대단한 집안에서 태어났거나, 배움의 기회가 많았다면,

**한:** 한이 쌓일 일은 덜 했겠지만, 아무것도 없는 집 큰딸이자 맏며느리로 살아간 삶이 얼마나 고됐을까.

**민:** '민족성'이라 불리는 성실과 책임, 그 헌신만으로

**국:** 국가대표급 성취를 이루고, 그 삶의 본을 자식과 가족들에게 가르치셨어.

**만:** 만족이 끝이 있을 리 없겠지만,

**세:** 세상살이에서 우리 큰이모만큼 애쓰고 노력한다면, 못할 일은 분명 없다.

## 2. 강아지 고양이 우리 가족

강: 강아지를 키우는 사람들이 요즘 정말 많아진 것 같아.

아: 아는 사람들만 해도 손에 꼽기 어려울 정도지.

지: 지켜주고 싶은 존재가 있다는 게 그 이유라더라.

고: 고양이도 강아지 못지않게 사람들의 마음을 사로잡
고 있어.

양: 양손 가득 안기는 그 부드러운 솜털이 얼마나 사랑
스러운지 다들 이야기해.

이: 이유가 무엇이든, 강아지와 고양이가 이제는 진짜
가족이 된 것 분명해.

우: 우리 딸도 강아지 키우자고 조르는데,

리: 리더십에도 도움이 된다며 그럴듯한 말까지 덧붙이
더라.

가: 가족이 하나 더 생기는 일은 언제나 반갑고 설레는
일이고,

족: 족보에 이름이 있는 사람만 가족은 아니라는 걸 다
시 생각하게 돼.

## 3. 아빠 엄마 싸운다 도망쳐

**아:** 아빠의 귀가가 오늘도 늦다. 이러면 마음이 괜히 불
안하다.

**빠:** 빠삐꼬, 빵빠레 … 우리가 좋아하는 아이스크림을
잔뜩 사 오셨다.

**엄:** 엄마의 표정은 굳어 있다. 취기가 오른 아빠의 모습
이 달갑지 않은 듯하다.

**마:** 마음 같아선 금방이라도 터질 것 같은 공기가 집안
에 가득 찬다.

**싸:** 싸움 직전의 공기는 한여름 뙤약볕보다 뜨겁고, 한
겨울 칼바람보다 서늘하다.

**운:** 운다고 해결될 일이 아님을 모두 알고 있다.

**다:** 다만 시선은 자꾸만 봉지 속 아이스크림으로 향한다.

**도:** 도망칠까, 아니면 일단 한입 베어 물까? 그 고민이
일생일대처럼 느껴진다.

**망:** 망한 밤이 분명하다면, 그래도 빈손보다는 아이스
크림 하나 쥔 손이 낫다.

**쳐:** 쳐다보는 눈빛만으로도 우리는 그 순간의 대화를
나누곤 했었다.

# 4. 감사합니다 우리 아버지

**감:** "감사합니다"라는 말 한마디가,

**사:** "사랑합니다"라는 말 한마디가 왜 이렇게 어려울까요.

**합:** 합쳐도 겨우 열 글자인데, 늘 마음속에서만 맴돕니다.

**니:** 니체는 "심연을 들여다보면 심연도 나를 들여다본다"고 했지요.

**다:** 다 내 마음속 깊은 곳에서 나온 고백인데도, 왜 이리 입 밖으로 꺼내기 어려울까요.

**우:** 우리 아버지를 향한 나의 감사와 사랑이

**리:** 리셉션의 환영처럼 자연스럽게 전해졌으면 좋겠습니다.

**아:** 아버지도 이런 내 마음을 알고 계실까요.

**버:** 버릇처럼, "난 괜찮다" 하시지만, 나라면 조금은 서운했을 것 같습니다.

**지:** 지금이라도 말할게요. "아버지, 감사합니다. 사랑합니다."

# 5. 위대한 우리 엄마 윤갑주

**위:** 위로가 필요하면 늘 위로 한 스푼을,

**대:** 대차게 넘어져 무릎이 까지면 조용히 반창고를 붙여주던,

**한:** 한 번도 나를 놓치지 않으셨던 분.

**우:** 우리 엄마는 그런 사람이야.

**리:** 리어카를 힘겹게 끌면서도, 내가 혹시 힘들까 봐 밀어 달란 소리 한 번 않으셨지.

**엄:** 엄마는 늘 그랬어. 자신을 뒤로하고 우리를 먼저 생각했어.

**마:** 마음이 자꾸만 엄마에게 향하는 이유가 바로 그거야.

**윤:** 윤갑주, 그 이름만 떠올려도 눈시울이 뜨거워지는 이유도.

**갑:** 갑자기 엄마가 되어서 서툴 법도 했을 텐데, 단 한 번도 흔들리지 않았어.

**주:** 주저앉을 날에도 우리를 먼저 일으켜 세우던, 위대한 우리 엄마.

# 6. 여보 당신 여편네 최고야

여: '여보'라는 말은 보배와 같다는 뜻이라고 하지요.

보: 보배는 손에 쥐어도 아까울 만큼 귀한 존재를 말하
고요.

당: '당신'은 내 몸과 같다는 뜻이라는데,

신: 신은 내게, "내 몸처럼 당신을 사랑하라"고 하셨어요.

여: '여편네'라는 말도 옆에 있다는 데서 왔다는데,

편: 편들어 주는 사람이 당신이라면 참 좋습니다.

네: 네가 보배이고, 내 몸 같고, 내 곁에 있다는 사실만
으로도

최: 최고의 행복을 누리고 있어요.

고: 고르고 골라도 결국 당신이 최고예요.

야: 야윈 얼굴로 아플 때면, 내 마음은 조용히 무너져
내립니다.

# 7. 당신은 내 인생의 로또야

**당:** 당신을 처음 만났을 때는, 그 의미를 다 알지 못했어요.

**신:** 신이 조용히 건네준 선물이라는 것을요.

**은:** 은은하게 스며든 당신의 존재는

**내:** 내 하루의 숨결이 행복임을 일깨워줍니다.

**인:** 인생은 그저 반복이 아니라, 기쁨이고 축복임을 알게 했고요.

**생:** 생일날에만 받던 축복을 매일 느끼게 해준 것도 당신이에요.

**의:** 의미가 그래요. 내게 당신은.

**로:** 로망이 헛되이 흩어지지 않도록 단단히 잡아준 사람,

**또:** 또다시, 매일, 언제나 내 곁을 지켜주는 사람,

**야:** 야수가 미녀를 만난 것처럼, 당신은 내게 기적이에요.

# 8. 오늘은 김장김치 담근 날

오: 오색 빛깔 단풍이 깊어지면,

늘: 늘 기다려지는 풍경이 있어요. 바로 김장김치.

은: 은근히 퍼지는 시원함과 아삭한 숨결을 잊을 수 없
거든요.

김: 김장김치 담그는 일이 보통 품이 드는 게 아니어서

장: 장정들도 잠깐 거들다 힘들다며 웃고 곡소리 내곤
하죠.

김: 김치가 뭐 그리 대단하냐고 말하는 사람도 있지만,

치: 치유라는 건 원래 이렇게 소리 없이 스며드는 법이
라서요.

담: 담아낼 수 없는 사랑과 넉넉한 정이 그곳에 가득하고,

근: 근사한 레스토랑의 한 끼보다 더 훨씬 빛나는 서사
가 숨어 있고

날: 날마다 나를 다독여 준 치유는, 결국 엄마가 담근
그 김치였어요.

# 9. 보고 또 보고 싶은 아은이

보: 보고 있으면 어느새 미소가 번진다.

고: 고개를 젖히며 웃는 너를 따라, 나도 함께 웃고.

또: 또 만지고 싶고, 계속 안고 싶어. 내려놓는 순간도 아까울 만큼.

보: '보고 있어도 보고 싶다'는 말을 완벽하게 이해하게 했지. 네가.

고: 고집스러울 때조차 어쩜 그렇게 사랑스러울까?

싶: '싶다'라는 형용사로 밖에 설명할 수 없는 마음이 너를 향해 있어.

은: 은하수보다 넓고 깊은 빛이 너에게서 흘러나와 내 삶을 채우고,

아: '아름다움의 극치'라 불러도 부족할 만큼 너는 설명 하기 어려운 존재야.

은: 은혜는 내가 너에게 건네는 게 아니라, 네가 내게 먼저 준 선물이고,

이: 이름도 마음도 생각도 고운 우리 딸, 아은이. 너는 나의 가장 큰 기쁨이야.

# 10. 내가 너 좋아하는 거 알지

내: 내가 누군가를 이토록 좋아할 수 있다는 게

가: 가상현실처럼, 낯설고 믿기지가 않아.

너: 너라는 존재가 내게 그만큼 소중하고 특별해.

좋: 좋아한다는 말, 사랑한다는 말로는 모자라.

아: 아름답고, 예쁘다는 말도 한참 부족해.

하: 하늘이 내게 준 선물 같아 너는.

는: '늗눈(내리는 눈)'처럼, 포근하고 달콤해.

거: 거짓말 아냐. 너를 향한 내 마음이 정말 그래.

알: 알려주고 싶어 이 마음을,

지: 지켜주고 싶은 이 고백을.

# 11. 첫눈 오는 날 네가 생각나

첫: 첫눈, 첫사랑, 첫 키스…

눈: 눈물이 가득 담긴 단어들이다.

오: 오직 나에게만 소중하게 간직된 애틋함이다.

는: 는다는데, 그 감정 덩어리가 계속 커지는 걸 보니 그 말이 맞는 것 같다.

날: 날 울리던 그때, 그 사람을 향한 그리움은 왜 날로 커지고 늘어만 갈까.

네: 네가 그만큼 보고 싶어서, 그 향기가 진해서일까.

가: 가는 세월 부질없다지만, 네 생각과 그 추억은,

생: 생각할수록 깊고 잔향이 진하다.

각: '각인된 아름다움'이라 불러도 모자람이 없다.

나: 나라는 사람을 너도, 그렇게 기억해 준다면 얼마나 좋을까.

# 12. 너만 사모해서 아프구나

너: 너를 사랑하는 일만큼 기쁘고, 또 아픈 것도 없었어.

만: 만약 다른 사람이었다면, 이렇게 무겁지 않았을까.

사: 사랑은 기쁨과 슬픔이 공존하는 작지만 큰 공간 같
아.

모: 모두가 비슷한 아픔을 안고 살아가겠지, 우리도 그
랬고.

해: 해서는 안 될 일도 아닌데, 사랑이 남기는 상처는
너무 깊어.

서: 서로에게 남는 아픔보다 잔인한 건 없는 것 같아.

아: 아프지 않은 사랑은 없기에, 오늘도 마음이 저려.

프: 프로든 아마추어든 사랑 앞에서는 눈물 흘릴 수밖에.

구: 구름도, 파란 하늘도 우리의 아픔을 이해하는 것 같아.

나: 환하게 웃는 너를 떠올리며, 또 하늘을 봐 나는.

## 13. 당신이어서 진짜 고마움

당: 당신은 진짜 나에게 소중한 존재야.

신: 신신당부하지만, 당신같은 사람은 또 없어.

이: 이름만 불러도 마음이 포근해지고,

어: 어쩐지 자꾸만 보고 싶고 안고 싶어진다.

서: 서서히 스며든 이 마음이 사라질까 봐 가끔은 겁이
난다.

진: 진짜 사랑이 뭔지, 당신 덕분에 알게 됐고,

짜: 짜증도, 투정도 모두 사랑의 한 조각처럼 느껴진다.

고: 고마움과 감사함, 행복이 하루하루 더 커지고,

마: 마음속엔 늘 따뜻한 구름이 피어나고,

움: 움직일수록 더 깊어지는 사랑을 확인하게 된다.

# 14. 만약에 말야 네가 본다면

만: 만약에 말야, 이 글을 네가 본다면 묻고 싶은 게 있어.

약: 약속했던 그 수많은 밤의 이야기는 진심이었니?

에: 에둘러 나를 밀어내려 한 말이었니, 아니면 그 말이 진심이었니?

말: 말 한마디 듣지 못하고, 처참하게 물러서야 했던 그때가 지금도 아파.

야: 야속하다고. 정말 너무한다고 소리라도 쳐봤으면 덜 억울했을 것 같아.

네: 네가 내 가슴에 남긴 그 상처와 고통이 도저히 아물지 않아.

가: 가리고, 괜찮은 척하며 그 긴 시간을 견디고 있지만,

본: 본드로 붙이지 않는 이상, 그 틈과 상처는 그대로야.

다: 다음 세상이 있다면, 그때는 아프게 하지 말아 줘.

면: 면적 너무 넓은 그 상처를 네가 낫게 해줘. 제발.

# 15. 우리 결혼해 평생 잘할게

우: 우리 사이, 이제는 달라져야 할 것 같아.

리: 리뉴얼이 필요한 우리 관계, 새롭게 시작하고 싶어.

결: 결혼하자, 우리!

혼: 혼자가 편하고 마냥 즐거웠는데, 이제는 너와 함께
하고 싶어.

해: 해 뜰 때 함께 눈을 뜨고, 달이 뜨면 함께 잠들고 싶
어, 너랑.

평: 평생 내가 아끼고 섬기며 사랑하고 싶어, 너를.

생: 생이 다하는 날에도, 너를 사랑한 게 가장 잘한 일
이라고 고백할 거야.

잘: 잘할게, 진심으로. 너를 위해서라면 모든 게 기쁨이야.

할: 할 수 있는 일도, 할 수 없는 일 모두 최선을 다할게.

게: 게임이 아무리 좋아도, 절대 너만큼은 아니야. 믿어줘.

# 16. 바다에 가면 그때 생각나

**바:** 바다에 가면, 그때 네가 생각나.

**다:** 다가서서 슬그머니 손을 잡고 거닐던 해안도 떠오르고.

**에:** "에티켓 지키라"며 공공장소에서 손잡는 걸 부끄러워하던 모습도.

**가:** 가을 어느 날이었던 것 같아, 그때가.

**면:** 면사포 꼭 씌워주겠다고 했더니 마냥 웃던 그 표정도 그리워.

**그:** 그때 우리 정말 좋았는데, 이제는 옛이야기가 되어 버렸어.

**때:** 때가 되면 잊힌다고 하는데, 나에게는 그 계절이 아직인가 봐.

**생:** 생각나고, 그리운 마음이 너에게도 남아 있을까?

**각:** 각자 새로운 삶을 살며, 새 사람들로 채우느라 잊었을까?

**나:** 나는 아직 네가 그리운가 봐. 바다에 가면 그때 생각나는 걸 보니.

## 17. 책 보고 영화 보고 너보고

**책:** 책 속에 담긴 수많은 이야기와 사람들은

**보:** 보고 또 봐도 여전히 궁금해. 더 알고 싶어지고, 더 가까워지고 싶어져.

**고:** 고통과 아픔, 슬픔을 견디고 마침내 열매를 맺은 이들의 이야기는 특히 그래.

**영:** 영화보다 더 짜릿하고, 팔딱팔딱 살아 숨 쉬는 생동감이 전해져.

**화:** 화면을 바라보는 것처럼 그들의 삶이 내게 밀려오는 순간들이 있어.

**보:** 보고도 믿기 어려운 장면들이 실제로 존재하고,

**고:** 고개가 절로 숙여질 만큼 깊은 숙연함이 남아.

**너:** 너의 이야기도 그래. 그래서 나는 너의 모든 순간과 삶을 알고 싶어.

**보:** 보일 듯 말 듯, 알 것 같으면서도 끝내 다 알 수 없는 너라는 존재는,

**고:** 고도의 수수께끼 같지만, 풀어가는 모든 과정이 내겐 가장 행복한 숙제야.

# 18. 나와 너 그리고 우리 모두

나: 나는 너와 함께 있으면 이유 없이 가슴이 설레.

와: '와… 내가 왜 이럴까?' 싶을 만큼 마음이 흔들리고.

너: 너는 이런 내 마음을 알고 있을까?

그: 그리움이 스며든 마음을,

리: 리본으로 조심스레 묶어 너에게 건네는 상상을 해.

고: 고백이란 게 이렇게 떨리고, 이렇게 아픈 줄은 몰랐어.

우: 우리, 서로의 마음을 조금씩 확인해 보면 어떨까?

리: 리듬 맞추듯, 천천히 맞아가다 보면,

모: 모두가 부러워할 사랑이 될지도 몰라. 너와 함께라면.

두: 두근거리는 이 마음, 너도 조금은 느껴줬으면 해.

# 19. 0123456789

0: 영원한 건 없다고들 말하지만,

1: 일생 한 번쯤 '영원'이라는 순간을 마주하는 것 같아. 누구나.

2: 이 세상에서 나도, 당신도 단 하나뿐인 존재라는 사실이야말로 영원 아닐까?

3: 삼척동자도 아는 이 간단한 진리를 우리는 종종 잊곤 해.

4: 사람들 마음속에 나와 당신의 존재가 한번 새겨지면,

5: 오랫동안 그 이름이 기억 속에서 숨 쉬거든.

6: 육성만 남아, 더는 볼 수도, 만질 수 없어도,

7: 칠해 놓은 색처럼, 한번 스며든 존재는 쉽게 지워지지 않아.

8: 팔십억이 넘는 사람들 모두가 각자 고유한 색을 지니고 있듯,

9: 구속할 수 없는 그 값진 고유함이 바로 나와 당신의 영원이야.

# 20. 프로야구 프로농구 좋아

프: 프로야구 선수와 프로농구 선수가 누가 더 힘든지
로 티격태격 다툰다.

로: 로또 당첨 확률보다 낮은 일이 바로 자기들이 하는
운동이라며 서로 목소리 높인다.

야: 야구선수는 매일 반복되는 훈련이 진짜 고통이라
말하고,

구: 구기종목에서 유일하게 보약 수당까지 받을 만큼
농구가 더 힘들다며 농구선수가 맞선다.

프: 프로 선수들답게 각자의 말이 모두 일리가 있어 팽
팽하게 맞서지만,

로: 로터리 앞에서 서로 눈치만 보는 차들처럼 쉽게 물
러서지 않는다.

농: 농구선수 말을 들으면 그 말이 맞고, 야구선수 말을
들으면 또 고개가 끄덕여진다.

구: 구기 종목은 그 특징과 팬들이 너무 분명하고 선명
해서

좋: 좋아하는 종목의 말에 더 귀가 쏠리기도 하지만,

아: 아무리 그래도 나는 프로야구도 프로농구도 모두
좋다.

# 21. 낮은 자존감 높은 자존감

**낮:** 낮은 자존감은 마음속에 자라는 불행의 작은 씨앗이야.

**은:** 은근히 삶을 불편하게 만들다가 어느 순간 나를 무너뜨리기도 하지.

**자:** 자신이 만든 감정의 감옥에 스스로를 가두는 게 바로 그것이고

**존:** 존재만으로도 사랑받는 존재임을 알지 못하게 만들어.

**감:** 감동도, 기쁨도, 삶이 주는 따뜻함도 조금씩 희미하게 흐려지지.

**높:** 높은 자존감은 전혀 다른 모양을 하고 있어.

**은:** 은은한 빛처럼 나와 타인을 함께 세워주고,

**자:** 자기를 이해하고 사랑할 힘을 천천히 키워주지.

**존:** 존엄과 가치, 그리고 내가 살아갈 이유를 비로소 알게 되는 순간들이 찾아오고,

**감:** 감정도 생각도 건강하게 흐르고, 나와 타인에게 자연스레 긍정이 퍼져가게 만들어.

# 22. 운동장 놀이터 학교 매점

운: 운치가 있었어. 그때 그 시절만의 공기와 소리가.

동: 동네방네 떠들며 뛰어다니던 친구들도 참 많았지.

장: 장난꾸러기 친구도, 그림 잘 그리는 친구도, 춤만 추면 모두가 모이던 친구도 있었고.

놀: 놀이터가 따로 없었고, 우리 발 닿는 모든 곳이 놀이 공간이었어.

이: 이름도, 웃던 친구 얼굴도 하나도 잊히지 않아

터: 터미널에서 우연히 그중 한 친구를 만난 적이 있어. 얼마 전이야.

학: 학교 다닐 때 즐거운 기억들을 그 친구도 조용히 간직하고 있더라.

교: 교실과 운동장을 가득 채우던 우리의 웃음소리가 아직도 귓가에 맴돈대.

매: 매점 앞 벤치에서 라면 한 그릇 나눠 먹던 시간이 자기 인생에서 가장 따뜻한 기억이래.

점: 점점, 나이가 들수록 더 그리워져. 너도, 그때 그 시절도, 나도.

# 23. 건강한 의사소통의 비밀

**건**: 건조하지 않고, 딱딱하지도 않은 말이 마음을 움직여요.

**강**: 강조하고 싶은 말도, 듣는 사람의 기준에서 전해야 해요.

**한**: 한 사람이 일방적으로 쏟아내는 말은 대화가 아니에요.

**의**: 의도적으로 마음을 쓰지 않으면,

**사**: 사람과 사람을 이어주는 소통은 만들어지지 않아요.

**소**: 소중한 사람의 마음을 얻는 데는 더 많은 노력이 필요해요.

**통**: 통하지 않는다고 포기하면, 이해는 시작조차 하지 못해요.

**의**: 의사소통은 말이에요,

**비**: 비밀스럽지 않게 솔직함을 담는 게 가장 좋아요.

**밀**: 밀크티 한잔처럼, 부드럽고 따뜻하게 다가오는 말이 최고의 비결이죠.

## 24. **동방예의지국 대한민국**

**동:** 동그라미처럼 닫힌 마음속에서도

**방:** 방향을 잃지 않고, 스스로 길을 내는 사람이었으면 해.

**예:** 예지처럼 따뜻한 통찰도 지니고,

**의:** 의연함과 의미를 삶에 고르게 새길 줄 아는 그런 사람이기를 바라.

**지:** 지금 내 마음은 온통, 당신 앞에서 더 근사한 사람이 되고 싶은 소망이 가득해.

**국:** 국화 향처럼 잔잔하고 깊게 머무르며,

**대:** 대나무처럼 곧고 푸르게 흔들리지 않는 마음으로,

**한:** 한 사람 한 사람에게 진심을 전하는 나를 당신에게도 보여주고 싶어.

**민:** 민들레 씨앗처럼, 내 존재가 조용히 당신에 닿기를 바라.

**국:** 국경 없는 마음으로, 당신의 삶에 스머드는 사람이고 싶다.

# 25. 중학교 고등학교 대학교

중: '중간이라도 가면 다행'이라는 말이 있다.

학: 학교에서 흔히 들을 수 있는 말이다.

교: 교사들이 학생들에게 그 진리를 일깨운다.

고: 고등학교에 진학하면 상황이 달라진다.

등: 등급(점수)에 따라 미래가 결정된다고 믿는 분위기
가 강하다.

학: 학교는 오로지 공부와 점수만 강조하는 듯하다.

교: 교육은 일관성이 있어야 하는데, 현실은 그렇지 못
해 씁쓸하다.

대: 대학 입시 앞에서는 모양을 달리하는 듯해 더 안타
깝다.

학: 학교가 공부보다 사람이 먼저임을 깨닫게 하고,

교: 교육이 그 중요한 가치를 꿋꿋하게 알려줬으면 좋
겠다.

# 26. 봄 여름 가을 그리고 겨울

봄: 봄, 새 생명이 움트고, 꽃바람이 부는 계절.

여: 여유로운 햇살 속에서 마음도 천천히 깨어나요.

름: 름스레(부드럽게, 살며시) 미소 짓는 얼굴마다 희망
이 스며들고,

가: 가벼운 바람에 실려 오는 꽃향기에 설렘이 번지죠.

을: 을씨년스러운 찬바람도 잠시, 따스한 햇살로 녹아
듭니다.

그: 그 계절마다 우리는 소소한 행복을 찾아 헤매고,

리: 리필할 수 없는 순간의 맛과 향을 마음에 담아요.

고: 고개 들어 하늘을 보면, 형언할 수 없는 아름다움이
펼쳐지고,

겨: 겨울의 차가운 바람 속에서도 다시 피어날 봄을 기
다리며,

울: 울리는 마음속 그리움과 기다림이 우리를 성장하게
합니다.

# 27. '푸바오'가 남긴 눈물 의미

**푸**: 푸바오가 중국으로 돌아가던 그날을 아직도 또렷이 기억해.

**바**: 바람이 불고, 빗방울까지 흩날리던 하루였지만, 많은 사람이 그 자리를 지켰지.

**오**: 오열하며 손 흔들던 얼굴들, "또 만나자"고 속삭이던 마음들이 모여 있었고.

**가**: 가벼운 작별이 아니라는 걸, 모두가 알고 있었어.

**남**: 남겨진 이들에겐 슬픔과 아쉬움이 오래도록 남을 수밖에 없었고,

**긴**: 긴 숨을 들이마시던 푸바오와 그를 바라보던 사람들의 표정에도 떨림이 있었다.

**눈**: 눈가를 적시던 눈물들이, 나에게도 여러 생각을 불러왔어.

**물**: 물어보고 싶었어, 왜 그렇게까지 울 수밖에 없었냐고.

**의**: 의식하지 못한 채 흘렸던 그 눈물의 의미를 알고 싶었거든.

**미**: "미안해서… 그리고 고마워서요"라고 떨리던 그 한 마디가 모든 답이 되더라.

# 28. 용서는 최고의 자기 사랑

용: 용서, 그 고통스럽고 힘든 결심은

서: 서로의 상처를 온전히 낫게 하는 약이 되어주고,

는: '는빛(퍼져오는 빛)'처럼 슬며시 다가와 어느새 마음을 밝힌다.

최: 최첨단 스위치처럼, 순간 어둠을 빛으로 바꿔놓기도 하고,

고: 고즈넉하다 못해 메말랐던 마음에도 용서가 스며들면

의: 의미가 생기고, 다시는 없을 줄 알았던 새 이야기가 열린다.

자: 자존감과 자신감도 그 자리에 조용히 돌아오고,

기: 기억하고 싶지 않았던 사람조차

사: 사랑의 온기로 데워내는, 인간의 언어로는 다 담기지 않는 기적을 만든다.

랑: '랑패'(浪浿, 속임수, 협잡)같은 가짜가 아니라, 진짜 용서는 자기 자신을 깊이 사랑하는 일이다.

# 29. 네 덕분이야 정말 고마워

**네:** 네가 나에게 "정말 고마워, 네 덕분에 잘할 수 있었어"라고 말했을 때,

**덕:** 덕분이라는 말이 이렇게 행복하고 감사한 말인지 새삼 알게 되었어.

**분:** 분명히 내 마음 깊은 곳에서 그 따뜻한 눈물이 흐르는 걸 느낄 수 있었어.

**이:** 이토록 진심으로 나에게 고맙다고, 덕분이라고 말해 준 사람은 네가 처음이었어.

**야:** 야유나 비난, 그리고 비판만 존재할 줄 알았는데, 네가 그게 아님을 알려줬어.

**정:** 정말 두렵고 무서웠던 마음이 있었는데, 네 말 한마디에 안도와 용기가 찾아왔어.

**말:** 말 한마디가 이렇게 마음을 데우고, 눈물 나게 할 줄 몰랐어.

**고:** 고마워 정말. 네 그 한마디 덕분에 내가 살아있음이 행복으로 바뀌었어.

**마:** 마음에 닿은 너의 그 말 한마디는 지금도 나를 가치 있게 해.

**위**: 워낙 크고 따뜻한 선물이었어. 오래도록 잊을 수 없는 감동이야. 끝까지 기억할게.

## 30. 이 시대 최종 병기는 '감동'

이: 이 시대만큼 빠르게 모든 것이 변한 적이 없었어.

시: 시시각각 달라지는 흐름을 따라가는 것조차 버거울 만큼.

대: 대한민국이 그 변화의 한복판에서 더욱 빛났으면 좋겠어.

최: 최첨단 기술과 최고 속도를 갖춘 나라답게,

종: 종종 부작용이 있어도 우리의 눈부신 성장만큼은 부정할 수 없으니까.

병: 병목현상 없이 앞으로만 달려온 역사가 그것을 증명하고,

기: 기술력은 세계 어디에 내놔도 으뜸이라는 평가를 받아왔지.

는: '는질거림'(맥없이 흐느적거리는 몸의 상태)과 달리 부지런함과 성실함이 바탕이고,

감: 감동으로 감동을 더 하는 우리의 인정이 그 모든 것을 완성해.

동: 동쪽의 작은 나라가 세계에서 특별한 이유가 바로 그 감동이야.

# 31. 남편 멋지고 아내 예쁘고

남: 남편과 아내가 손을 꼭 잡고 걷고 있었어.

편: 편안한 공기가 두 사람 사이에 흐르는 게 멀리서도 보였지.

멋: 멋쟁이 꼬마 신사가 그 앞에서 총총걸음을 옮기고 있었는데,

지: 지 스스로 해보겠다고 욕심을 부리다가 그만 넘어지고 말았어.

고: 고약하게 넘어졌는지 아이 무릎에서 금세 피가 비쳤고,

아: 아이도 엄마도 어쩔 줄 몰라 당황하기만 했지.

내: 내 일처럼, 그 남편과 아내가 누구보다 먼저 달려가서는

예: "예쁜 얼굴에서 눈물 나면 마음 아프지"하고 다독이며 아이를 안아주더라.

쁘: 쁘드득, 작은 소리를 내며 반창고를 떼고, 연고까지 발라주면서 말이야.

고: 고마움에 젖은 아이와 엄마가 어느새 다시 미소를 찾았어.

# 32. 전라도 남원 경상도 대구

전: 전라도 남자와 경상도 여자가 만나 부부가 되었다.

라: 라면 한 그릇도 서로에게 먼저 내밀 만큼, 늘 다정하고 따뜻한 사이다.

도: 도무지 믿기지 않을 만큼 좋은 사람을 만났다고 서로 고백하며 산다.

남: 남자는 전라북도 남원이 고향인 바로 나다.

원: 원래 마음이 부드럽고 살뜰한 남자다.

경: 경상도 여자는 대구에서 태어난 내 아내다.

상: 상수가 서로를 만난 것처럼 우리는 언제나 변함없이 아끼고 사랑한다.

도: 도레미파솔라시도 한 음이라도 빠지면 음악이 완성되지 않듯,

대: 대구 여자와 남원 남자인 우리는 서로를 채우고 품으며 살아간다.

구: 구름이 천천히 흘러가듯, 우리의 사랑도 딸에게 잔잔하게 스며들고 있다.

## 33. 이순재 송해 김수미 허참

이: 이순재 배우님이 하늘의 별이 되셨다.

순: 순정처럼 맑고 뜨거웠던 그의 연기 인생은

재: 재치와 감동을 넘어 품격으로 오래 기억될 것이다.

송: 송해 선생님의 목소리는 지금도 귓가를 맴돈다.

해: 해맑은 웃음과 깊은 울림을 담은 그의 인사는 지금
도 그립다.

김: 김수미 배우님은 유쾌함과 함께 따뜻한 나눔의 본
보기를 보여주셨다.

수: 수수하게 복길 할머니를 연기하던 모습이 여전히
마음속에 남아 있고,

미: 미안함 그리고 고마움이 어우러진 그녀의 김치 맛
도 문득문득 떠오른다.

허: 허참 선생님은 한 예능인의 자리를 넘어, 모두의 어
른이 되어 주셨다.

참: "참!참!참!"을 외치던 그 힘있는 목소리는 지금도 삶
의 리듬처럼 내 안에 울린다.

## 34. 꿈에라도 한번 나오세요

**꿈:** 꿈속에서라도 꼭 한번 보고 싶은 사람이 있다. 우리
할머니.

**에:** 에둘러 그리움을 말하면 눈물이 덜 날 줄 알았는데,

**라:** 라디오에서 흘러나오던 그 노래를 듣고는 결국 울
고 말았다.

**도:** 도무지 참을 수 없는 그리움이 그 노래에 실려 마음
을 적셨다.

**한:** 한 번만 만날 수 있다면, 그때 그 소원을 꼭 들어드
리고 싶다.

**번:** 번개처럼, 단숨에 그 품에 안기고 싶다.

**나:** 나와 함께 꼭 한 번 걸어 보고 싶다던 그 다리를 건
넌다면 소원이 없겠다.

**오:** 오늘 밤 꿈에서, 단 한 번이라도 할머니를 만나볼
수 있으면 좋겠다.

**세:** 세월이 흘러도 할머니 품의 포근함은 도무지 잊히
지 않는다.

**요:** 요즘 따라 그리움이 더 깊어져, 할머니 생각이 자꾸
난다.

# 35. 자장면 짬뽕 볶음밥 시켜

자: 자장면 먹을래? 짬뽕 먹을래?

장: 장면마다 먹고 싶은 게 달라지는 마법이 펼쳐진다.

면: 면 음식마다 그 맛이 다르다는 걸 알아야 한다.

짬: 짬뽕은 그 매력대로, 자장은 또 그 매력대로 특별하다.

뽕: 뽕순이는 짬뽕을, 짱돌이는 자장면을 선택하는 이
유가 있다.

볶: 볶음밥도 결코 빠질 수 없는 경쟁자다.

음: 음식의 매력을 한꺼번에 먹는 재미가 있다.

밥: 밥도 먹고, 자장도 먹고, 짬뽕 국물까지 맛본다면 일
석삼조다.

시: 시키는 사람마다 마음을 사로잡는 중화요리의 힘.

켜: 켜켜이 쌓인 난제, 그 결정을 내릴 권한은 오직 우
리들에게 있다.

# 36. 도망가지 말고 숨지 말고

도: 도망가는 게 가장 쉬운 선택처럼 느껴질 거야.

망: 망쳐버린 그 일이 네 모든 걸 앗아갈 것만 같을 테고.

가: 가장 비참한 건, 지금의 너는 아무것도 할 수 없다는 사실일 거야.

지: 지워버리고 싶을 만큼 끔찍한 일이 현실이라는 것도 맞고.

말: 말로 다 담을 수 없는 좌절과 고통이 짓누르고,

고: 고개를 숙이고, 눈을 감고, 그냥 피하고 싶어질 거야.

숨: 숨는 게 이 장면에서 벗어나는 유일한 길처럼 느껴질 수도 있어.

지: 지나면 괜찮아질 거라는 말이 전혀 위로가 되지 않을 거고,

말: 말뿐인 위로는 오히려 화를 돋울 수도 있어.

고: 고장 난 것처럼, 마음이 아플 거야. 그래도 살아야 해 너니까.

# 37. 행복은 언제나 너의 곁에

**행:** 행복이 멀리 있다고 느끼는 사람들이 있어요.

**복:** 복중의 최고가 행복인데도 말이에요.

**은:** 은근히 머물기도 하고, 천천히 스며들기도 해요.

**언:** 언제나 손을 내밀면 닿을 수 있고, 느껴지고요.

**제:** 제약이 있을 수 없어요. 행복을 만지고 느끼는 일에
는요,

**나:** 나도, 너도 우리도 행복을 숨 쉬듯 가까이할 수 있
어요.

**너:** 너무 어렵게 생각하거나, 그저 나와 상관없다는 생
각만 버린다면요.

**의:** 의미를 나에게 두면 돼요. 행복의 의미도 결국 나 그
리고 당신이거든요.

**곁:** 곁에 있다는 사실만 기억해도 우리는 언제나 행복
할 수 있어요.

**에:** 에너지, 행복이 가져다주는 그 큰 힘이 바로 당신
곁에 있어요.

## 38. 우리 가족 영원토록 행복

우: 우리 집에는 남들이 부러워하던 보물이 하나 있었어. 바로 비디오.

리: 리모컨도 귀한 시절이었는데, 비디오는 선망 그 자체였어.

가: 가족들, 친구들, 이웃들까지 모여 영화 보는 그 시간이 얼마나 좋았는지 몰라.

족: 족적처럼, 마음속에 오래 남을, 커다란 기쁨이었어.

영: 영원히 잊지 못할 장면을 하나 꼽으라면 망설임 없이 이걸 말할 거야.

원: 원하고 또 원하던 그때의 공기, 그 순간의 온기가 아직도 내 안에 반짝이거든.

토: 토요일 오후, 비디오 가게로 향하던 발걸음의 설렘도 생생하고.

록: 록키가 다시 일어나 결국 승리하던 그 장면은

행: 행동 하나하나에 눈을 뗄 수 없을 만큼 벅차고 뜨거웠어.

복: 복에 겨웠던 그 시절을 선물해 준 가족들, 친구들, 이웃들 모두 사랑합니다.

## 39. 나로호 누리호 발사 성공

**나:** 나로호가 발사되던 순간을 놓치고 싶지 않아 급히 달려갔었어.

**로:** 로켓이 하늘을 가르며 솟구치는 장면은,

**호:** 호들갑이 아니라 진짜 환희가 터져 나오는 순간이었지.

**누:** 누리호 4차 발사 소식을 듣고 또 마음이 들썩였어.

**리:** 리얼한 현장 속에서 사람들의 함성이 파도처럼 번졌고,

**호:** 호흡마저 멈출 만큼 떨리는 순간이 이어졌어.

**발:** '발사 성공'이라는 문구가 뜨는 순간, 가슴이 뜨겁게 벅차올랐고,

**사:** 사람들 모두 같은 감동을 나누고 있었던 것 같아.

**성:** 성공이라는 결과보다 그 뒤에 쌓인 시간들이 더 깊이 떠올랐고,

**공:** 공로는 온전히 그 시간을 견뎌낸 과학자들에게 있다고 말해주고 싶었어.

# 40. 마징가Z 태권브이 대결

마: 마징가Z랑 태권브이가 붙으면 누가 이기냐는 논쟁이 참 많았어.

징: 징글맞게도 다들 자기편 로봇이 최고라며 목소리를 높였지.

가: 가능하다 싶은 시나리오는 죄다 꺼내놓으며 떠들썩했어.

Z: Z세대가 보면 유치하다고 웃겠지만,

태: 태권브이와 마징가Z의 대결은 우리 세대에게는 진심이었거든.

권: 권법 흉내까지 내며 대리전을 벌일 만큼 뜨거웠으니까.

브: 브이가 붙었다고 태권브이가 무조건 이긴다는 농담도 떠돌았지.

이: 이름만으로도 서로를 겨눌 만큼 두 로봇의 인기는 대단했고,

대: 대결의 승패보다 '누구를 더 좋아하느냐'가 더 중요했던 시절이었어.

결: 결국 승자는 없었지만, 그 시절의 열정과 로봇들은 아직도 마음 한편에 선명해.

# 41. 유재석 강호동 선우용녀

유: 유니크한 사람들에게는 저마다 빛나는 특징이 있어요.

재: 재치와 유머, 그리고 깊은 공감 능력이 바로 그것이
에요.

석: 석학들도 감탄할 만큼, 적재적소에서 발휘되는 위
트도 놀랍습니다.

강: 강한 사람만이 살아남는 게 아니라,

호: 호감이 마음을 녹이고, 오래 기억되게 한다는 사실
을 보여주지요.

동: 동심의 눈으로 보아도 그건 분명한 진리 같아요.

선: 선함과 베풂은 그들의 또 하나의 매력이고,

우: 우연한 만남조차 그냥 흘려보내지 않는 진심도 있
어요.

용: 용기와 사랑, 나눔을 선물하는 모습이 늘 따뜻하고,

녀: 녀석들 같은 투박함 속에 생크림처럼 부드러운 마
음이 숨어 있어 더 그러합니다.

# 42. 그대여 끝까지 포기 말고

그: 그래! 바로 그거야!

대: 대찬 인생, 사는 유일한 방법이야.

여: 여기까지 온 것만으로도 충분해.

끝: 끝까지 최선을 다한다는 모습, 바로 네가 보여준 거야.

까: 까닭도, 이유도 묻지 말고, 그냥.

지: 지금까지 네 삶의 발걸음이 말해주듯,

포: 포기는 없어. 다만 좌절이 있을 뿐.

기: 기운이 나고, 용기가 생겨, 너를 보면.

말: 말로만 하는 격려가 아니야. 진짜 마음이야.

고: 고민 끝에 깨달았어. 내가 가장 존경하는 사람은 바로 너라는 걸.

# 43. 잘못하면 와서 빌어야지

잘: 잘못하지 않는 사람은 세상에 없다.

못: 못난 짓, 미운 짓, 속 뒤집는 행동도 하고.

하: 하지만 결정적 차이가 하나 있지.

면: 면목 없어도, 잘못을 인정하고 진심으로 사과하는 것.

와: 와서 솔직히 인정하고, 사과하면,

서: 서로에게 용서와 이해의 열매가 맺혀

빌: 빌어서 자존심 상하는 게 아니라, 진정한 용서를 받
는 거야.

어: 어서 잘못했다면 찾아가서 사과해.

야: 야무진 그 행동 하나가 관계를 깊게 만들어.

지: 지금부터 실천해 봐. 세상이 달리 보여.

## 44. 수해 피해 이재민이 나야

**수:** 수해 피해, 뉴스에서만 봤는데 내가 주인공일 줄 몰
랐어.

**해:** 해도 너무한 피해를 입고, 이재민이 되었지.

**피:** 피난 가던 그 순간이 아직도 기억에 선명하게 남아
있어.

**해:** 해 질 무렵, 갑자기 쿵! 옹벽이 무너졌어.

**이:** 이것저것 챙길 틈도 없이 맨몸으로 빠져나왔지.

**재:** 재산도 문제지만, 사람 먼저 살고 봐야 했으니까.

**민:** 민소매에 슬리퍼만 신고 달리며 딸을 업었어.

**이:** 이대로 조금만 더 가면 안전하겠다는 생각뿐.

**나:** 나야 고생이 대수롭지 않아도, 아내와 딸은 걱정됐어.

**야:** 야무진 척, 괜찮은 척했지만, 사실 나도 두려웠어.

# 45. 공감 경청 무조건 수용

공: 공감, 경청, 무조건 수용은 사람 마음을 얻는 마법이야.

감: 감정을 있는 그대로 들어주고,

경: 경청은 잘 듣고, 핵심을 돌려주는 거야.

청: 청중(듣는 사람) 중심으로 듣는 마음이 중요해.

무: 무시하거나 평가하지 말고,

조: 조건 없이 수용하고, 이해하며, 보듬어 주는 것 자체가

건: 건조한 사이에 온기를 불어넣어.

수: 수용도 마찬가지야. 있는 그대로의 너를 안는 거야.

용: 용기 있게 실천하면, 그 사람의 마음과 신뢰를 얻을
　　수 있어.

# 46. 우리 싸우면 사과는 하자

우: 우리는 너무 사소한 일로 다투는 것 같아.

리: 리모컨 좀 달라고 한 게 그렇게 화낼 일이었을까?

싸: 싸움도 이유가 있어야 하는 것 아니야?

우: 우리가 사소한 일로 다툰 게 한두 번이야?

면: 면전에서 무시당하는 것처럼 느껴지는 게 싸움의 이유야.

사: 사소하다고 해도, 나에게는 절대 가벼운 일이 아니었어.

과: 과하게 예민하다고 하겠지만, 나는 화가 많이 났어.

는: '는지럭거리는'(속은 굳고, 겉은 징그럽게 뭉쿨뭉클) 마음도 한두 번이지.

하: 하는 수 없이 참고 넘어가는 일도 많다는 걸 알아줬으면 해.

자: 자기 처지에서만 생각하지 말고, 서로를 더 이해하자.

# 47. 신라면 열라면 안성탕면

신: 신라면은 사나이를 울린다, 매워서.

라: 라면의 절대강자, 얼큰한 맛이 그 이유다.

면: 면 음식 중독을 부르는 힘이 여기 있다.

열: 열라면도 매운맛에서는 뒤지지 않는다.

라: 라면 중에서 매운맛으로 둘째가라면 서러운 강자.

면: 면은 부드럽고, 국물은 얼큰한 강렬한 매력.

안: 안성탕면은 국물이 다르다, 깊고 구수하다.

성: 성가시더라도 청양고추 하나 넣으면 더 깊은 맛이
   살아난다.

탕: 탕 한 그릇 대접받는 느낌, 어른들이 좋아하는 맛.

면: 면발이 오동통, 너구리를 빼먹을 뻔! 너도 최고의 맛.

# 48. 딸은 축복이자 선물이야

**딸:** '딸바보'라는 말은 괜히 있는 게 아니야.

**은:** 은하수보다 밝고 빛나는 존재가 딸이거든.

**축:** 축복 중에 축복, 딸이라고 고백할 수 있어.

**복:** 복주머니 쥔 손으로 안긴 천사, 그게 딸이야.

**이:** 이 마음, 딸을 안기 전에는 상상도 못 했어.

**자:** 자랑이 늘어지고, 딸 생각만 하는 마음이 이해돼.

**선:** 선물 꾸러미를 주고 또 줘도 아깝지 않아.

**물:** 물에 빠질까, 땅에서 넘어질까, 내려놓기 싫더라.

**이:** 이 모든 고백이 과장이 아니야, 나의 일상이야.

**야:** 야, 정말! 벌써 걱정이다. 남자친구 생길까, 시집갈
까 봐.

# 49. 쌀 도둑 도운 스님 이야기

쌀: 쌀을 훔치러 온 도둑이 짐이 무거워 지게를 지고도
일어나지 못하자

도: 도둑 뒤에서 스님이 조용히 다가와 지게를 들어줬
다는 이야기를 들었어.

둑: 둑이 터지면 막아야 한다는 게 상식이듯, 도둑을 잡
는 게 인지상정인데,

도: 도리어 스님은 "어서 가라"고 손짓하며 등을 떠밀
어 주기까지 했대.

운: 운명은 그 순간 흔들렸을까? 그 도둑은 결국 후회
끝에 절에 찾아와

스: 스님의 자비에 감화되어 둘도 없는 불자가 되었다
고 하지.

님: 님을 귀히 모시듯 베풀어 준 그 마음이 깊이 와닿았
던 거겠지.

이: 이야기를 듣는 내내 마음 한쪽이 따뜻해지면서도,

야: 야속하다고 쉽게 판단했던 내 모습이 떠올라 부끄
러워졌고,

기: 기록으로 남은 이 이야기가 이렇게 내 삶에도 작은
스승이 되어 주더라.

# 50. 세월을 품은 동네 사람들

세: 세월이 무상하다는 생각을 한 적이 있었어, 아주 선
　　명하게.

월: 월화수목금토일, 거의 매일 마주치던 사람들의 변
　　한 모습을 보면서.

을: 을씨년스러운 기운이 돌 만큼 마을이 초라해진 풍
　　경 앞에서.

품: 품 안처럼 따뜻했던 이곳에서 내가 나고 자랐고,

은: 은근히 나를 지탱해 주던 그 모든 풍경이 어느새 희
　　미해져 가고,

동: 동네가 늙고 작아지더니 이제는 사라질까 두려워졌어.

네: "네가 누구 아들이지?"라고 묻는 어르신들의 기억
　　처럼 말이야.

사: 사근사근 웃어주던 인심 넉넉한 어른들의 모습은
　　아직도 또렷한데.

람: 람영(어지럽게 흔들거리는 그림자)같은 스산함이
　　드리워질 때면

들: 들마다, 장마다 사람들로 북적이던 그때 그 시절이
　　사무치게 그리워져.

# 51. 가을이 내어준 선물 '회상'

가: 가을이 오면, 이상하게 내가 나에게 말을 건다.

을: 을지로 허름한 찻집에서 그윽한 차 한 잔을 마시다 보면,

이: 이내 또 가을이구나 싶어, 그래서 나를 찾아왔다며 속삭이곤 한다.

내: 내가 부른 적은 단 한 번도 없지만, 마음 한구석에 늘 기다리고 있던 계절.

어: 어쩌다 마주친 옛 친구처럼, 반갑고, 따뜻하다.

준: 준비한 이야기는 언제나 같다. 그때, 그 시절, 그 사람…

선: 선물처럼 다가오는 기억도 있었고, 아픔으로 남은 얼굴도 있었다.

물: 물론 이 대화는 온전히 나만 안다. 내 마음의 작은 비밀이니까.

회: 회상할 수 있다는 것, 그 속에 사람이 있다는 건 내가 꽤 아름답게 살아왔다는 뜻일지도.

상: 상상만으로도 행복하고, 그립고, 조금은 아픈 가을의 선물이다.

# 52. 환경오염으로 아픈 지구

**환**: 환경의 역습, 이미 현실이 되었어.

**경**: 경고를 넘어선 재해가 일상이 되고,

**오**: 오랜 기간 신음하던 지구가 힘겨워해.

**염**: 염려하던 일들이 지구 곳곳에서 나타나고,

**으**: 으스스한 재난과 재해가 우리를 덮쳐와.

**로**: 로비와 규제만으론 부족해. 이제 행동해야 해.

**아**: 아픈 지구가 눈물지을 때마다, 우리 마음도 아파.

**픈**: '픈가슴'(마음이 아프거나 슬픈 상태)으로 기도해.

　　지구가 버텨주기를.

**지**: 지구를 위해 간절히 바라며, 살아나 달라고,

**구**: 구원의 손길이 닿기를, 자연이 다시 웃기를.

# 53. 내가 젤 좋아하는 음식 '회'

**내:** 내가 못 먹는 게 몇 가지 있었어. 청각(해초)과 생선.

**가:** 가끔 먹으려 애를 써도 늘 실패하곤 했지.

**젤:** 젤 좋아하는 음식이 생선회가 될 줄은 상상도 못 했어.

**좋:** 좋아하는 수준을 넘어, 영혼의 음식이라 여길 정도야.

**아:** 아주 자주 먹어도 계속 먹고 싶은 그 신선함이 너무
좋아.

**하:** 하는 수 없이 억지로 참아가며 먹던 시절도 있었는데,

**는:** '는마음(변하는 마음)'이 조금씩 들더니 어느새 완
전히 그 매력에 빠져버렸어.

**음:** 음식을 좋아하면 자꾸 생각나고, 이야기하고 싶고,

**식:** 식습관까지 달라진다는데, 나에게는

**회:** 회가 그래. 먹고 또 먹어도 좋아. 생선 못 먹던 내가
말이야.

## 54. 그 말이 마음에 남아서요

그: 그 말, 나에게 속삭이던 달콤한 말들이 아직도 맴돌아요.

말: 말 한디가 이토록 오래 기억될 수 있더라고요.

이: 이제는 들을 수 없는 말이라 더 선명하게 느껴져요.

마: 마음을 다해 당신을 사랑할 수 있어서 좋았어요.

음: 음악처럼, 어디선가 당신 목소리가 들리면 참 행복했죠.

에: 에로스, 그리스 신화 속 사랑처럼 매혹적인 끌림이 있었어요.

남: 남들도 이런 사랑 해보았겠지요? 그래도 우리가 더 특별했어요.

아: 아껴두고, 아주 가끔 꺼내보고 싶은 마음이었어요.

서: 서로의 기억 속에 우리가 사랑한 것이 소중했기를 바라요.

요: 요즘, 당신 생각날 때마다 하는 내 작은 기도예요.

# 55. 당신, 글, 음악 그리고 그림

당: 당신의 말은 근사한 글처럼, 설득력이 있어요.

신: 신뢰와 믿음이 느껴지는 힘도 있고요.

글: 글을 쓰고 읽을 때마다 나는 당신이 떠올라요.

음: 음성을 내 마음이 고스란히 기억하고 있어요.

악: 악기보다 선명하고, 맑은 그 목소리를요.

그: 그려보고 싶어요. 당신의 마음을.

리: 리얼하게, 당신의 생각과 감정, 나를 향한 기억까지요.

고: 고맙고, 그리운 모습만 마음에 담고 있어요.

그: 그대를 향했던 내 마음도 소중하게 간직하고 있고요.

림: 림목(나무 숲)처럼, 우거진 향기처럼, 당신 존재가
　　내게 상쾌하게 남았어요.

# 56. 너의 웃음소리와 눈웃음

너: 너의 밝고 맑은 웃음소리가 퍼져오면,

의: 의연하게 버티던 마음도 어느새 녹아내린다.

웃: 웃음 속에는 기쁨과 행복이 가득 묻어 있고,

음: 음표처럼 마음 깊은 곳까지 스며들거든.

소: 소소한 순간이 가장 큰 행복이라는 것을 너는 늘 깨
닫게 해.

리: 리듬에 몸을 맡기듯, 너에게 다가가 포근히 안아주
고 싶어져.

와: "와… 정말 이렇게 행복해도 되는 걸까?" 하고 묻게
되고.

눈: 눈웃음은 입술에 살포시 닿은 솜사탕 같아서,

웃: 웃는 모습이 얼마나 예쁘고 달콤한지 말로 다 할 수
가 없어.

음: 음유시인이라도, 너의 웃음소리와 눈웃음은 온전하
게 담아내지 못할 거야.

# 57. 스타벅스 빽다방 커피빈

스: 스타벅스는 한때 부러움과 선망의 대상이었다.

타: 타지 사람들에게는 '우리 동네에도 생겼으면' 하는 작은 소망이었다.

벅: 벅찬 감동을 선물하는 공간이라는 말도 나왔었다.

스: 스타벅스가 쉽게 들어설 수 없던 시절의 이야기다.

빽: 빽다방은 가성비 끝판왕으로 사랑받는다.

다: 다 마시고 나면 배부르다고 말하지 않는 사람이 드물 정도다.

방: 방문할 때마다 새로운 메뉴를 고르는 재미도 있다.

커: 커피빈 역시 한 시대를 풍미했던 브랜드다.

피: 피로한 몸을 단번에 깨워주는 진한 향과 맛이 인상적이었다.

빈: 빈말이 아니다. 커피만큼 한국에서 오래 사랑받는 음료가 또 있을까.

# 58. 겨울이 내어준 선물 '온기'

겨: 겨울이 싫은 이유는 단 하나, 너무 춥다는 것뿐이야.

울: 울상이 될 만큼 차갑게 스미는 바람이 몸을 움츠리게 하고.

이: 이 사실만 빼면, 겨울은 참 낭만적인 계절이야.

내: 내어주는 기쁨과 사랑받는 순간들이 곳곳에 숨어 있으니까.

어: 어디에서 왔을까, 이 따뜻하고 포근한 마음들은.

준: 준비한 듯 자연스럽게 얼어붙은 손을 잡아주는 마음 말이야.

선: 선물처럼 불쑥 다가오는 순간들이 우리를 가장 행복하게 만들고,

물: 물끄러미 바라보면, 주는 사람이 더 행복해지는 신기한 마법이지.

온: 온기라는 선물은 그중에서도 가장 귀하고 소중해.

기: 기억 속에 오래 남아, 다시 누군가를 데워주는 힘이니까.

## 59. 너의 날개 펴고 날아올라!

너: 너에게 꼭 들려주고 싶은 말이 하나 있어.

의: 의도적으로 스스로에게 가장 먼저 해줘야 할 말이기도 해.

날: 날개를 활짝 펴고, 너만의 속도로 세상 위로 날아오르렴.

개: 개성과 마음결이 살아 있는 삶을 향해, 당신 그대로.

펴: 펴지 못한 낙하산처럼 허공에 머무르지 않도록,

고: 고민만 쌓아두고 하루를 흘려보내지 않도록.

날: 날아오르는 네 모습을 한번 상상해 봐.

아: 아득한 창공을 가르며 빛나는 너의 꿈과 비전이 보일 거야.

올: 올라가다 보면 비로소 알게 되지. 너의 존재가 지닌 깊은 의미를.

라: 라벤더 향처럼 은근히 퍼지는 너의 삶이 누군가에게 스며들기를.

# 60. 댓글 보면 천재들이 가득

**댓:** 댓글을 들여다보면, 웃음과 감동 그리고 재치가 가득하다.

**글:** 글 하나가 건네는 작은 행복이, 이보다 근사할 수 없다. 악플은 빼고.

**보:** 보이는 상황을 그렇게도 위트있게 풀어내다니,

**면:** 면밀히 살펴봐도 놓치기 쉬운 핵심을 정확하게 짚어낸다.

**천:** 천천히 다시 읽게 되는 건, 그곳에 숨은 생각 때문이겠지.

**재:** 재미만 있었다면, 댓글에 이런 찬사를 보내진 않았을 거다.

**들:** 들녘에 돋아난 풀 한 포기처럼, 잔잔하지만 강인한 생명력이 있다.

**이:** 이야기를 전하는 이의 관심과 따스함도 자연스레 스며들고.

**가:** 가벼운 마음으로 읽었다가도 깊게 머무는 그런 글의 온도다.

**득:** 득음하듯 깨닫는다. 댓글에는 '발견의 기쁨'이 숨어 있다는 사실을.

# 61. 가장 뜨겁게 살아 있음을

가: 가장 뜨겁게 '살아 있음'을 느끼고 싶어,

장: 장엄한 투르 드 프랑스 길 위에 섰다.

뜨: 뜨겁게 달아오른 심장 하나로 병마와 맞섰던 故 이
윤혁 씨 이야기다.

겁: 겁도 없느냐며, 건강한 사람도 버거운 여정을 말기
암 환자가 어떻게 버티겠냐 했지만,

게: 게걸음 치듯 더딘 삶보다, 앞으로 나아가는 도전을
하고 싶다고 말했다.

살: "살기 위해서요" 그렇게 말하며 살아갈 이유를 찾
으러 페달을 밟았다.

아: 아무리 힘들어도 포기하지 않겠다는 그 한마디가
모두를 멈춰 세웠다.

있: 있어도 그만인 삶이 아니라, 끝까지 의미를 찾는 삶
을 향해 그는 달렸다.

음: 음표처럼 흩어져도 누군가의 마음에 남고 싶다는
바람을 품고,

을: 을이 아닌 갑의 인생을 꿈꾼 그의 여정은 우리 가슴
속에서 뜨겁게 살아있다.

## 62. 절대 긍정 절대 감사 '현희'

절: 절대 긍정, 절대 감사. 희귀병을 앓던 故 심현희 씨가 평생 붙들고 살았던 말이다.

대: 대체 어떻게 그 고통과 시련 속에서 그런 마음을 지킬 수 있었을까, 모두 다 놀랐다.

긍: 긍정의 힘은 말이 아니라 삶으로 증명될 때 가장 빛난다는 걸 그녀가 보여줬다.

정: 정상의 기준이 아니라, 존엄한 존재로서의 가치를 스스로 일으켜 세웠다.

절: 절망으로 하루도 버티기 어려운 삶을 견디고 또 버티며, 결국 한 줄기 별이 되었다.

대: 대수술과 눈물의 여정 사이에서도 그녀는 끝까지 희망을 노래했다.

감: 감사를 잊지 않았던 그 목소리는 많은 이에게 큰 울림으로 남았다.

사: 사람들의 편견과 오해를 이해와 수용, 그리고 포용으로 바꿔 준 것이야말로,

현: 현희 씨가 세상에 남긴 가장 큰 선물이었다.

희: 희미해질 때마다 다시 떠올리고 싶은 희망을 가르쳐준 그녀를 조용히 기린다.

# 63. 미용실에서 수다 떨어요

미: 미용실을 찾는 또 하나의 매력은 바로 '수다'다.

용: 용기 낸 적도 없는데, 이상하게 내 이야기가 술술 흘러나온다.

실: 실례를 무릅쓰고 털어놓는 고민이 아니라, 그냥 마음이 열리는 순간이다.

에: 에둘러 감추지도, 억지로 꾸밀 필요도 없다.

서: 서로의 하루를 가볍게 나누다 보면 어느새 웃음이 피어난다.

수: 수다가 길어질수록 나는 네 이야기에 스며들고, 너도 나의 마음에 가까워진다.

다: 다르다고 느껴졌던 사람도, 그 순간만큼은 이웃처럼 느껴진다.

떨: 떨 필요 없다. 그저 편안히 앉아 머리를 맡기면 된다.

어: "어서 오세요"라는 원장님의 이 한마디가 수다의 문을 열어준다.

요: 요즘에도 미용실에는 포근한 '사람 냄새'가 진하게 난다.

# 64. 인간미 예절 없으면 곤란

**인:** 인간관계에서 반드시 필요한 것이 몇 가지 있다.

**간:** 간을 보지 않는 솔직한 '인간미'와

**미:** 미련하지 않을 만큼의 단정한 예절이 바로 그것이다.

**예:** 예절을 모른다는 건 인간미의 빈자리를 드러내는 일이다.

**절:** 절대 필요하지만, 저절로 생겨나는 덕목은 아니다.

**없:** 없던 예절은 갈등을 만들고, 부족한 인간미는 관계를 흔든다.

**으:** 으름장 놓는 힘으로는 어떤 관계도 꽃피울 수 없다.

**면:** 면박과 무례함으로는 그 사람의 마음을 얻을 수 없다.

**곤:** 곤란해진 관계는 결국, 잃어버린 인간미와 예절이 만들어낸 그림자다.

**란:** '란생'(蘭生), '난초처럼 고운 사람'을 이루는 힘도 그 두 가지에서 비롯된다.

# 65. 강산에 안치환 신해철 짱!

**강:** 강산에가 "너라면 할 수 있을 거야"라고 노래하면,

**산:** 산길에서 주저앉았던 마음이 다시 일어선다.

**에:** 에누리 없는 그의 목소리는 줄 수 있는 것을 다 내어놓는다.

**안:** 안치환이 "사람이 꽃보다 아름답다"고 노래한다.

**치:** 치유가 필요한 이들에게 이보다 따뜻한 말이 또 있을까.

**환:** 환한 미소를 되찾게 해주는 힘이 그의 노래에 숨어 있다.

**신:** 신해철은 "그런 슬픈 표정하지 말아요"라며 눈물을 닦아줬다.

**해:** 해 질 녘처럼 시든 마음을 정성스럽게 어루만져준 사람.

**철:** 철부지 아이부터 흰머리의 노인까지 그를 그리워하는 이유다.

**짱:** 짱짱한 우리의 우상들. 그들의 노래 한 줄에 우리는 오늘도 희망을 얻는다.

# 66. 퇴근길 찐빵 사 가는 행복

**퇴:** 퇴근길, 김이 모락모락 피어오르는 찐빵 가게 앞에 멈춰 섰다.

**근:** 근무의 피로가 이 향기 앞에서는 순식간에 녹아내린다.

**길:** 길에서 파는 음식이라고 우습게 보면 안 된다.

**찐:** 찐빵 한입이면, 하루의 무게까지 사르르 풀린다.

**빵:** 빵 한 조각이 얼마나 큰 행복과 위로가 될 줄, 예전엔 몰랐다.

**사:** 사람들 줄지어 서 있는 모습도 모두 같은 마음일 것이다.

**가:** 가던 길을 붙잡아 세우는 건 결국 이 따뜻함의 힘이다.

**는:** 는 둥 마는 둥 허둥거릴 겨를도 없다. 다 떨어지기 전에 얼른 사야 하니까.

**행:** 행복은 생각보다 가까이 있다. 갓 쪄낸 찐빵처럼 은근히 마음을 데우며.

**복:** 복스럽다는 말, 오늘의 내가 딱 그렇다. 이 따뜻함을 가족과 나눌 수 있어서.

# 67. 내가 당신을 떠난 그 이유

내: 내가 너를 떠난 이유가, 사실은 지금도 또렷하지 않아.

가: 가엾게도 나는, 너라는 보석을 스스로 놓아버리고 말았어.

당: 당신을 생각하지 않은 건 아니야. 그리울 때가 분명히 있었어.

신: 신뢰를 잃은 나는, 다시 마주 설 자격조차 없다고 믿었고,

을: '을레하다'는 말처럼, 익숙해져 있던 너의 손길과 목소리가 그리웠지만.

떠: 떠난 사람이 이제와 이런 마음을 말한다는 게 미안할 뿐이야.

난: 난 정말 용기가 없었었던 같아. 피하는 게 답이라고 착각했지.

그: 그 이유 같지 않은 이유가 너를 설득하지 못했을 거라는 것도 알고,

이: 이제 와 그때의 너를 떠올리는 나 역시 이해되지 않겠지만,

유: 유리창에 스친 너를 닮은 사람만 봐도 마음 한 켠이 시리더라.

## 68. 너와 내가 사랑한 그날들

너: 너도 기억하니? 그때 우리의 시간을.

와: 와플이 입술과 마음을 동시에 녹이는 것처럼, 온통 달콤했었지.

내: 내가 "너 좋아한다"고 말하는 순간, 발그레 붉어지던 네 모습은

가: 가장 아름다웠고, 지금도 눈을 감으면 또렷하게 떠올라.

사: 사랑을 하면 세상 모든 풍경이 달라진다는 말,

랑: 랑랑하게(맑고 밝은 소리) 웃는 그 천진한 주인공이 바로 나라는 걸

한: 한없이 느끼게 해준 사람이 바로 너였어.

그: 그날들, 우리가 함께 만든 시간들이 문득 사무치게 그리워.

날: 날이 갈수록 더 짙어지는 그 추억들은

들: 들러리 하나 없이 온전히 너와 나만 존재하던 그 시절 이야기.

# 69. 첫눈 온다! 낭만을 만들자!

첫: 첫눈만큼, 우리 마음을 순식간에 설레게 만드는 것도 드물다.

눈: "눈 온다" 그 한마디에 모두가 기분 좋아지고, 강아지들까지 들뜬다.

온: 온기가 몹시 그리운 겨울을 데워주는 것도 결국 첫눈의 존재다.

다: 다만, 첫눈이 달갑지 않은 이들도 있다. 군인 아저씨들처럼.

낭: 낭만은커녕, 하늘에서 쓰레기가 떨어진다는 농담을 할 만큼 현실적이다.

만: 만져보면 분명 차가운데, 마음 한켠을 따뜻하게 데우는 건 그래도 첫눈이다.

을: 을냥이(겁 많은 아이)들도 눈만 보면 용기가 샘솟아 뛰쳐나간다.

만: 만져보고, 던져도 보고, 때로는 입술에 머금어 보는 첫눈은 언제나 설렘이다.

들: 들녘에 고요히 내려앉은 아무도 밟지 않은 그 눈은 흔적을 남기고픈 욕망을 부른다.

자: 자연이 우리에게 1년에 한 번 건네는 선물, 첫눈 온
다! 낭만을 만들자!

자: 자연이 우리에게 1년에 한 번 건네는 선물, 첫눈 온
다! 낭만을 만들자!

# 70. 가신 자리 멍으로 남아서

가: 가고 싶지 않고, 두 번 다시 찾아오고 싶지 않은 곳 장례식장.

신: 신발을 벗고 계단을 오르는 순간부터 터져 나오는 눈물을 누구도 붙잡지 못한다.

자: 자리의 무게만큼 슬픔과 눈물, 그리고 곡소리가 공기를 가득 채운다.

리: 리본을 맨 상주를 마주할 때면, 무슨 말을 건네야 할지 막막해진다.

멍: 멍으로 남은 이별과 상처가 고스란히 전해진다.

으: 으레 드나들던 발걸음도 그 눈물 앞에서는 절로 숙연해진다.

로: 로봇이 아니라면, 어찌 마음이 흔들리지 않을 수 있겠나.

남: 남의 슬픔이 어느새 나의 아픔이 되는 곳이 바로 이 자리다.

아: 아프고, 슬퍼서, 가슴을 치는 이별을 겪은 이들에게 어떤 말로도 위로가 닿지 않는다.

서: 서로에게 눈물만 남기고 마는 곳. 그래서 다시는 오고 싶지 않은 곳이다.

# 71. 살아보니 그대라는 선물

**살:** 살면서 당신에게 느끼는 감정은 언제나 감동이고 감사입니다.

**아:** 아차 싶은 순간에도 나를 이해해 주고 품어주니까요.

**보:** 보이는 것만 예쁜 게 아니라, 마음까지도 참 따뜻한 사람이지요.

**니:** 니글니글거린다며 부끄러워할지 몰라도, 내 마음이 그러니 어쩔 수 없어요.

**그:** 그대라는 사람에게 나는 늘 감동하고 감사합니다.

**대:** 대체할 수 없는 존재라는 걸, 살아갈수록 더 깊이 깨닫습니다.

**라:** 라일락 향기처럼 은근히 번지는 당신의 매력에

**는:** 는가림(꾸밈) 하나 없이, 나는 매일 새롭게 빠져들고 맙니다.

**선:** 선물보다 귀한 당신이 내 아내라는 사실이 얼마나 큰 축복인지요.

**물:** 물가에 내놓은 아이처럼, 서툴고 어색해도 언제나 지키고 사랑하겠습니다.

# 72. 울지마 내가 안아줄게요

울: 울고 싶을 때가 있어. 슬프고 속상한 그런 날.

지: 지금이 딱 그래. 또 한 번 좌절할 것 같은 예감이 들거든.

마: 마음 한켠이 쿵 내려앉은 듯, 설명하기 어려운 절망감이 밀려와.

내: 내가 좋아하고 잘할 수 있는 일을 못 하게 될까 두렵고.

가: 가장 행복할 자리 앞에서 자꾸 멈춰 서는 내 모습이 마음 아파.

안: 안기고 싶어. 잠시라도 기대서 울 수 있는 품이 있었으면.

아: 아무렇지 않은 척했지만, 사실은 많이 속상하고, 좀 부끄럽기도 해.

줄: 줄이 아무리 길어도 설레는 마음으로 기다릴 수 있는데,

게: 게이트만 열리면 누구보다 먼저 달려갈 자신도 있는데.

요: 요즘 들어 좌절과 실망이 자꾸 겹쳐. 그래서 울고 싶어. 누군가 안아줬으면.

# 73. 해봐 해봐 실수해도 좋아

해: "해봐 해봐 실수해도 좋아♩♫"

봐: 봐, 저기 힘이 나는, 그 시절 노래가 다시 들려온다.

해: 해보기도 전에 포기해 버리던 우리에게

봐: 봐주는 따뜻함이 세상을 더 넓게 보이게 한다는 것
　　을 알려준 그 노래.

실: 실수는 상처가 아니라, 다시 걷게 하는 작은 흔들림
　　이고,

수: 수없이 도전하는 것만으로도 우리는 자라고 있었다.

해: 해바라기처럼 끝까지 곁에서 비추는 마음이 이 노
　　래에 스며 있고.

도: 도무지 잊히지 않는 그 멜로디가 지금도 가슴에 남아,

좋: 좋았던 시절의 웃음과 설렘을 다시 불러오고,

아: 아름다운 추억으로 남은 만화 '영심이'가 여전히 우
　　리를 응원한다.

# 74. 과거의 잘못 현재의 책임

**과:** 과거의 잘못을 어디까지, 얼마나 책임져야 하는가
　　에 대한 논쟁이 있다.

**거:** 거슬러 올라가 보면 누구나 흔적과 흠집을 안고 살
　　아가고,

**의:** 의로운 사람이라 해도 완벽한 과거란 결국 신기루
　　에 가깝다.

**잘:** 잘잘못의 크기만 다를 뿐, 삶은 모두 비슷한 굴곡으
　　로 이어져 왔다.

**못:** 못되게 하려던 마음이 아니었다고 항변해도,

**현:** 현재의 삶 전체를 내려놓으라 요구하는 순간들이
　　찾아오곤 한다.

**재:** 재판조차 그렇게 가혹하지 않을 때가 많은데도 말
　　이다.

**의:** 의도와 다르게 남겨진 상처는 사과와 책임으로 오
　　래 새겨지지만,

**책:** 책임의 무게가 미래의 숨결까지 앗아갈 정도라면,

**임:** 임지(머무르는 자리)였던 삶의 흔적마저 두려움으
　　로 바뀌지 않을까?

# 75. 긍정적인 감정 기억의 힘

궁: 긍정적인 감정 기억은 무너진 마음을 다시 일으키
는 은밀한 힘이 있다.

정: 정막한 순간조차 빛이 스며들 듯 따뜻해지는 이유
도 그 기억 때문이다.

적: 적막을 깨듯 떠올려 보면,

인: 인내는 다시 성장으로, 상처는 천천히 의미로 바뀐다.

감: 감정 기억의 힘이란 결국 마음속 작은 등불 같다.

정: 정작 잊었다고 생각한 사랑과 위로가 다시 불붙는다.

기: 기억 속 어딘가에는 나를 품어준 순간이 남아 있고,

억: 억울함과 분노에 잠긴 날에도 그 순간을 마주하면,

의: 의지와 의미가 조용히 돌아온다.

힘: 힘겨울수록, 긍정적인 감정 기억의 불빛을 다시 켜
보자. 다시 살아갈 힘이니까.

## 76. 고통, 시간이 가진 힘만이

고: 고통을 이겨내는 확실한 방법이 있을까, 묻게 된다.

통: 통증을 견뎌내는 힘이 어디에서 오는지 고민하다
보면,

시: 시간이라는 단어가 천천히 떠오른다.

간: 간신히 버텨 낸 그 시간이 결국 우리를 치유하는 힘
이다.

이: 이 순간만 잘 지나면, 그 고통도 통증도 조금은 흐
려진다.

가: 가엾게 보이던 그 시간들이 사실은 우리를 살리고
있었다는 걸,

진: 진심의 위로조차 들리지 않던 그 순간에는 알 수 없
었다.

힘: "힘내"라는 말이 오히려 상처처럼 느껴졌던 그 시
절도,

만: 만지면 터질 듯한 아픔도 어느새 아물고 새살이 돋
아나기 시작한다.

이: 이제는 알겠다. 상처도 고통도 결국 시간의 힘으로
이겨내는 것임을.

# 77. 마지막으로 잘 드신 음식

마: 마지막으로 잘 드신 음식이 내가 드린 선물이었다
　　는 사실이,

지: 지금도 마음 한구석을 따뜻하게 덥힌다.

막: 막 특별하거나 비싼 음식도 아니었어. 조기와 사골국.

으: 으스대고 싶어서 드린 건 절대 아니야. 그저 마음의
　　온기를 건네고 싶었을 뿐.

로: 로컬 음식이라도 한 술은 드실 거라 기대했는데,

잘: "잘 먹었다"는 그 말 한마디가 나도, 그분도 눈시울
　　을 붉히게 하더라고.

드: 드라마 같았어. 잘 드시지 못하던 분이 그 음식만큼
　　은 잘 드셨다니.

신: 신기하면서도, 이유를 묻고 싶은 순간이었어.

음: 음식 자체는 보통의 밥상과 다르지 않았는데,

식: 식구들의 마음과 마지막 정성이 그 맛을 더 깊게 만
　　든 것 같아.

# 78. 돌아보면 행복한 그 기억

**돌:** 돌고 돌아도, 그때 그 시간으로 다시 갈 수만 있다면.

**아:** 아버지가 선잠이 든 내 머리를 살며시 쓰다듬던 그 밤.

**보:** 보이지 않던 그 사랑이 그 순간 내 마음을 촉촉이 적셨다.

**면:** 면도하는 모습을 흉내 낼 만큼 나는 아버지가 좋았고,

**행:** 행복을 노래할 때면 그 자리에 늘 아버지가 있기를 바랐다.

**복:** 복사한 듯 닮았다는 말을 들을 때마다

**한:** 한없는 기쁨과 자랑으로 여기며 살았다.

**그:** 그 마음을 말로는 표현하지 못했을 뿐.

**기:** 기억은 묵묵히 나를 지켜주는 힘이고,

**억:** 억지스러울 것 하나 없이, 천천히 내 마음의 행복을 데워줘.

# 79. 행복한 사람들의 공통점

**행:** 행복한 사람들에게 그 이유를 물었대.

**복:** 복이 찾아오는 비결이 따로 있는지 궁금해서.

**한:** 한 사람, 한 사람의 대답이 놀라웠어.

**사:** 사람을 귀하게 여기고, 감사하는 마음을 잃지 않는 것.

**람:** 람풍(산에서 불어오는 바람)처럼, 잔잔히 스며드는 관계의 온기를 소중히 여기는 것.

**들:** 들녘을 바라보며 오늘이라는 선물에 고마움을 느낄 수 있는 것.

**의:** 의미는 늘 가까이 있고, 행복도 거기서 피어난다는 것.

**공:** 공통된 대답이 하나라면, 그건 분명 진실일 거야.

**통:** 통로는 멀리 있지 않아. 마음이 향하는 바로 그 자리야.

**점:** 점점 더 사람을 귀하게 여기고, 감사할수록, 누구나 행복해질 수 있어.

# 80. 이 힘은 어디서 나온 걸까

이: 이토록 견디고 즐기며 성장하려는 데는 분명한 이유가 있다.

힘: 힘의 중요성을 어릴 적부터 보아왔고, 모자람 없이 받았기 때문이다.

은: 은근히 스며들지만 누구보다 강인했던 그 힘, 엄마의 삶이다.

어: 어떻게 저 모진 시간을 이겨내 열매로 길러냈을까.

디: 디자인하려 해도 흉내조차 낼 수 없는 숭고한 삶이었다.

서: 서운함과 고단함을 인내로 빚어내며 살아낸 그 시간들이

나: 나의 나침반이자, 흔들림을 막아주는 등대가 되었고,

온: 온기를 잃지 않는 그 마음은 지금도 내 마음의 쉼터가 된다.

걸: 걸러낼 것 하나 없는 순도 100%의 삶을 바라보면,

까: 까닭 모를 눈물이 고이며, 나는 오늘도 한 뼘 더 자란다.

# 81. "고맙다"고 전한 말 한마디

고: "고맙다"는 말이 이렇게나 깊은 울림을 가진 줄 몰랐다.

맙: 맙소사, 절망 끝에서 전해온 '살아있다'는 소식 앞에

다: 다행이란 말보다 먼저 떠오른 건, 놀랍게도 "고맙다"였다.

고: 고맙다는 말은 결국 너와 나, 우리의 마음까지 부드럽게 감싸더라.

전: 전하지 못했던 마음을 이 한마디에 실어 보내기만 해도

한: 한겨울 칼바람 같던 마음이 봄볕 아래서 서서히 녹아내렸다.

말: 말 한마디가 이렇게 큰 빛을 품고 있었다는 사실을 이제야 알았다.

한: 한 사람이 건넨 그 짧은 숨결 같은 말이 모든 상처를 덮어주더라.

마: 마음을 표현하기가 어려울 때는, 망설이지 말고 그 말부터 건네.

디: 디딤돌처럼, 서로에게 다가가는 길이 그 한마디에서 시작되니까.

# 82. 한없이 부족한데 이토록

한: 한없이 부족한 사람이라고, 나는 스스로를 그렇게
불렀어.

없: 없어도 되는 존재라 믿으며, 마음 깊은 곳을 오래도
록 외면했어.

이: 이 세상에 내 빛이 있을 거라곤 한 번도 생각하지
못했어.

부: 부끄러움도, 노력도, 무엇하나 제대로 붙잡지 못한
채 살아왔고.

족: 족쇄처럼 감긴 실패의 기억이 내일마저 가두는 줄
알았어.

한: 한 번쯤, 내가 좋아하고, 잘할 수 있는 것을 바라봤
다면 어땠을까

데: 데인 상처만 들여다보느라 스스로를 더 깊이 숨기
고 있었던 것 같아.

이: 이제는 알고 있어. 마음을 마주하면 삶도 달라진다
는 것을.

토: 토라졌던 내 안의 작은 아이가 어느새 의젓하게 고
개를 들더라.

**록:** 록 페스티벌처럼 거칠고도 뜨거운 에너지가 내 안
에서 솟아오르더라.

**록:** 록 페스티벌처럼 거칠고도 뜨거운 에너지가 내 안
에서 솟아오르더라.

# 83. 내가 떠나온 게 절대 아냐

내: 내가 바란 적도 없고, 누군가 시킨 적도 없는데

가: 가속이 붙은 채로 멀어져 가는 게 있다. 바로 세월.

떠: 떠나보내고 싶지 않은 것 1순위도 바로 그것이더라.

나: 나이를 먹을수록 이 생각은 더 짙어져만 간다.

온: 온전히 사랑하는 사람들과의 시간이

게: 게으른 발걸음처럼 아주 천천히 흐르기를 바라게
된다.

절: 절대 멈추지 않는 것이 시간이라지만,

대: 대나무 숲처럼 사철 푸르지 않더라도

아: 아이들의 마음처럼, 순수함만큼은 늙지도, 변하지도
않기를,

냐: 냐옹거리는 고양이의 가느린 숨결처럼 오래도록 기
억에 남기를.

# 84. "우리 효부 며느리 애썼다"

**우:** 우리 할머니의 마지막 유언은 엄마에게 남긴 이 한 마디였다.

**리:** 리플(Ripple, 잔물결)처럼 퍼져 우리 가족 마음에 잔잔한 울림을 남겼다.

**효:** 효부라 불리는 건 영광이지만, 그 말에는 헤아릴 수 없는 아쉬움도 스며 있다.

**부:** 부모를 더 잘 섬기지 못했다는 비통함은 시간 속에서도 흐려지지 않는다.

**며:** 며느리의 눈물겨운 헌신은 가족의 마음을 조용히 녹여냈고,

**느:** 느티나무처럼 너르게 사랑으로 품는 법을 우리에게 가르쳐주었지.

**리:** 리듬처럼 아름답고 고운 감사와 존경이 넘쳐흘렀다.

**애:** "애썼다"는 그 말 한마디가, 그동안의 고단함을 온전히 보듬어주었고,

**썼:** 썼다 지웠다를 반복하는 내 글은 엄마를 향한 숭고한 마음을 조용히 노래한다.

다: 다시 그때로 돌아간다면, 더 잘하고 싶다는 이 고백
이야말로 당신이 남긴 빛이다.

## 85. 내년 우승 팀 한화이글스

내: 내년 프로야구를 생각하면 가슴이 벌써 뜨거워진다.

년: 년도별 기록보다 중요한 건, 이번엔 진짜 달라진 얼굴들이다.

우: 우승이라는 두 글자가 이렇게 가까웠던 적이 또 있었을까.

승: 승리의 함성 너머에 묵묵히 흘린 땀의 냄새가 느껴진다.

팀: "팀이 개인보다 우선이다"라는 그 말이 현실이 되는 순간 꿈을 꾼다.

한: 한화이글스는 오랫동안 바람의 팀이었지만, 이제는 바람을 바꾸는 팀이 되었다.

화: 화력을 넘어 마음까지 하나로 모이는 팀워크가 눈부시다.

이: 이제는 가능성이 아니라 현실이라 불러도 좋을 만큼 단단해졌다.

글: 글로 다 담기 어려운 변화의 속도가 야구장에 가면 더 선명해진다.

스: 스탠드를 가득 메울 주황빛 물결을 떠올리면, 응원하지 않을 수 없다.

## 86. 할 말은 많지만 참아야지

**할:** 할 말이 넘쳐도, 꾹 삼키며 입을 다물 때가 있다.

**말:** 말은 흘러가도, 그 말이 남긴 상처는 오래 머문다는 걸 알기에.

**은:** 은근히 깔보는 눈빛 하나에도 마음이 뒤흔들릴 때가 있고,

**많:** 많은 생각들이 순식간에 소용돌이치기도 한다.

**지:** 지워버리고 싶을 만큼 뜨거운 분노가 올라오는 것도 사실이지만,

**만:** 만지면 데일 것 같은 그 마음을 나는 스스로 달래본다.

**참:** 참는 건 약해서가 아니라, 나까지 흐려지고 싶지 않아서다.

**아:** 아무리 말해도 들리지 않는 사람들에게는

**야:** 야단도 조언도 의미가 없다는 걸 이제는 안다.

**지:** 지속할 가치 없는 관계만이 남는다는 것, 그게 마지막 깨달음이니까.

# 87. 엄마가 매일 걸은 이 길을

**엄:** 엄마의 뒤를 졸졸 따라다니던 어린 시절이 문득 떠오른다.

**마:** 마당 끝에서 엄마를 보고 달려가 안기던 그 온기는 아직도 내 몸에 남아 있다.

**가:** 가을 햇살 아래 잘 익은 홍시를 건네며 웃던 엄마의 얼굴은 따뜻함이었다.

**매:** 매일, 매 순간 나를 품어주던 이름은 그저 엄마다.

**일:** 일일이 말하지 않아도 전해지는 그 사랑 앞에서 나는 늘 작아지고 감사한다.

**걸:** 걸음이 느려지고 흰머리가 늘어도

**은:** 은은하고 깊은 사랑은 여전히 나를 감싸고 있다.

**이:** 이 길 위에서 엄마와 나눈 시간들은 나의 마음을 비추는 빛이 되었고,

**길:** 길을 걸을 때마다 세상이 꽃처럼 피어오르는 건 그 빛 덕분이다.

**을:** 을처럼 보였던 내 삶도 엄마 앞에서는 언제나 가장 귀한 존재라는 걸 이제야 안다.

# 88. 가습기 제습기 스타일러

가: 가습기를 씻다가 문득, 내 마음도 촉촉해지고 싶다는 생각이 스쳤다.

습: 습도를 맞추듯, 내 마음에도 적절한 온기와 촉촉함이 필요하다는 걸 깨달았다.

기: 기차를 타고 멀리 떠나는 여행처럼, 마음도 가끔은 환기시키고 싶고.

제: 제아무리 좋은 것이라도 지나치면 마음을 무겁게 만들 수 있다는 사실도 안다.

습: 습도가 과하면 공기가 눅눅해지듯, 내 마음도 쉽게 답답해지니까.

기: 기록하는 일은 마음의 습도를 정리해 주는 작은 환기창 같다.

스: 스스로 균형을 맞추는 힘, 그게 바로 진짜 자존감이고,

타: 타인의 기준이 아닌 내 마음이 선택하는 값진 조절이다.

일: 일상 속에서 마음의 습도를 살피는 일은 생각보다 중요한 자기 돌봄이고,

러: 러브레터처럼, 다정한 말을 나 자신에게 보내는 순간, 마음은 가장 맑아진다.

# 89. 사랑은 또다시 올 테니까

**사:** 사랑의 배신만큼 큰 고통과 아픔도 없지만, 다시 기다리는 이유가 있다.

**랑:** 랑데부처럼(약속된 만남), 어느 순간, 그 지점에서 다시 만날 당신 때문이다.

**은:** 은쟁반의 반짝임으로 다가올 당신에 대한 기대가 또다시 사랑을 향해 나를 이끈다.

**또:** '또다시 사랑할 수 있을까'라는 질문이 어느새 확신으로 바뀌기 때문이다.

**다:** 다시 만난 당신과 나는 또 한 번 영원을 꿈꾸지만,

**시:** 시련의 계절이 찾아올 것 또한 너무나 잘 알고 있다.

**올:** 올수록 가깝고, 갈수록 멀어지는 것이 사랑이니까.

**테:** 테두리 안에 머문 채, 다시 사랑하겠다고 다짐하는 순간,

**니:** 니케(그리스 신화의 승리 여신)가 속삭이듯,

**까:** 까닭 있는 행복과 자존감은 결국 우리에게로 돌아온다.

# 90. 배고파서 누워 있던 친구

**배:** 배곯는 설움이 당신 또래에도 있었냐고 묻는데, 있었다.

**고:** 고민하고 기억을 애써 되살릴 필요도 없이, 금세 떠올랐다.

**파:** 파란 하늘이 눈부시던 가을날, 학교로 가던 길이었다.

**서:** 서늘한 바람이 좋아 한껏 만끽하고 있는데,

**누:** 누워서 하늘만 바라보고 있던 친구가 눈에 들어왔다.

**워:** 워낙 엉뚱한 녀석이라 또 무슨 장난인가 싶었지만, 아니었다.

**있:** 있을 수 없는 일처럼, 상상조차 못 했던 그 말 한마디를

**던:** 던지듯 내뱉었다. "배고파서. 힘이 없어"

**친:** 친구의 그 한마디는 지금도 내 마음에 깊이 새겨져 있다.

**구:** 구구절절 어려운 사정 늘어놓는 것보다, 그 말이 훨씬 강력하게 나를 흔들었기 때문이다.

## 91. 나이 들면 계속 공부해야

나: 나이 든다고 누구에게나 지혜가 저절로 생기는 것은 아니다.

이: 이성적인 배움의 열정을 놓지 않고, 스스로를 단련할 때 비로소 생긴다.

들: 들으면서, 보고 쓰는 과정을 멈추지 않을 때 지적 감각은 유지된다.

면: 면박을 주고 따지며 고집을 부리는 태도는 지혜와는 거리가 멀다.

계: 계속 배우지 않으면, 한계는 곧 드러나고 부끄러움이 계속된다.

속: 속으로 '이 나이에 무슨 공부야'는 생각이 들어도, 멈추지 말아야 한다.

공: 공부에는 끝이 없기에, 스스로를 갈고닦는 일도 멈출 수는 없다.

부: 부지런함은 결국 배우고 익힌 것을 삶에서 실천할 때 빛을 낸다.

해: 해가 갈수록 지혜를 쌓고, 덕을 나누는 사람이 되려면,

야: 야심을 품어야 한다. 더 배우고, 더 나누려는 야심을.

## 92. 아프게 웃어도 다 좋은걸

아: 아프고, 쓰라린 고통이, 눈물에 실려 흘렀다.

프: 프로필 속 네가 다른 남자와 환하게 웃던 그 사진을
보고.

게: 게(개)의치 않겠다, 이제는 남이라며 애써 외면해
보았지만,

웃: 웃는 네 얼굴이 끝내 마음에서 지워지지 않았다.

어: 어쩜 그리도 예쁜지, 사진 위를 손끝으로 더듬게 되
더라.

도: 도저히 믿기지 않던 너의 이별 통보를

다: 다시 돌아온다는 나만의 약속으로 삼아 견뎠지만,

좋: 좋은 날이 반드시 올 거라 믿던 마음도 이젠 놓아야
겠지.

은: 은하수보다 크고 넓던 너를 향한 내 마음을,

걸: 걸음마다 너에게 향하던 발걸음도 이제는 멈춰야
하나 보다.

## 93. 너와 같이 그린 그 시간이

너: 너와의 추억이 내게 어떤 의미인지 또 생각해.

와: 와인처럼, 진하고 깊게 배어버린 그 시간을.

같: 같이 있을 때 이 소중함을 알았더라면,

이: 이것이 다시는 오지 않을 시간이란 걸,

그: 그때도 알았더라면 덜 아팠을까.

린: 린스향처럼 일상에 스며든 네 향기가,

그: 그토록 보고 싶던 너의 미소가,

시: 시간이 갈수록 더 짙은 그리움으로 남는다.

간: 간신히 견딜 수 있을 거라 믿었는데,

이: 이름조차 부르지 못할 만큼, 나는 아직 너를 그리워
한다.

# 94. 고속버스, 기차, 모범택시

고: 고장 난 줄 알았어, 내 마음이.

속: 속이고 또 속여도 결국 너에게 가길래.

버: 버리고 상처 준 사람인데도 잊히질 않아.

스: 스치듯 지나가다 다시 만나는 상상도 해봤어.

기: 기를 쓰고 외면하면 도망칠 수 있을 줄 알았는데,

차: 차인 사람이 더 사랑해서 약자라는 말이,

모: 모두의 얘기가 아니라 내 이야기라는 걸 알았어.

범: 범인은 역시 너야, 내 마음을 송두리째 가져가 버린
   사람.

택: 택한 건 너였지만, 아픔만큼은 온전히 내 몫이더라.

시: 시간을 되돌려도 나는 또다시 너를 선택할 거야.

# 95. 롯데월드와 에버랜드는

롯: 롯데월드 처음 간 날, 신세계를 본 기분이었어.

데: 데이트 장소로 왜 거기가 최고인지 단번에 알겠더라.

월: 월요일이었는데도 사람이 유난히 많았다.

드: 드나드는 사람들의 표정엔 행복이 가득했고,

와: "와!"하고 터지는 함성은 스릴을 즐기기에 충분했다.

에: 에버랜드를 다녀오고 나서는 롯데월드에게 괜히 미안해졌다.

버: 버린다는 건 아니지만, 선택하라면 이곳일 게 분명했거든.

랜: '랜드마크'라고 불리는 이유는 입구에서부터 느낄 수 있었다.

드: 드림(Dream)과 판타지(Fantasy)의 나라, 그 매력에 빠질 수밖에 없었다.

는: 는지럴댈 시간조차 없었다. 그곳은 천국이었으니까.

## 96. 비싼 음식보다 라면 좋아

비: 비싸고 좋은 음식을 먹는 일은 분명 큰 행복이다.

싼: '싼 게 비지떡'이라는 말이 괜히 생긴 건 아니니까.

음: 음식값에는 재료와 정성, 시간이 함께 담긴 것 같고,

식: 식탁의 분위기마저 한층 근사하게 만들어 주기도
한다.

보: 보통의 날보다 특별한 날에 더 마음이 가는 것도 사
실이다.

다: 다들 한 번쯤, 근사한 식당에서 근사한 사람과 식사
를 꿈꾼다.

라: 라면은 조리가 간편하고, 값도 부담스럽지 않다.

면: 면을 후루룩 넘기는 그 순간의 편안함도 있고,

좋: 좋아하지 않는 사람을 찾기 힘들 만큼 사랑받는 이
유가 분명하다.

아: 아무리 비싸고 좋은 음식이라도, 라면에 대한 그 애
정까지는 따라오지 못한다.

## 97. 좋아해도 양보할 줄 알기

**좋**: 좋아하는 그 일을 멈추는 건 생각보다 쉽지 않다.

**아**: 아쉬움 없이 빠져들게 만드는 힘이 있기 때문이다.

**해**: 해도 해도 질리지 않고, 마음이 늘 그쪽으로 향한다.

**도**: 도무지 이해받지 못한다 해도, 좋은 건 쉽게 부정되지 않는다.

**양**: 양보는 그 좋아함을 잠시 내려놓는 선택이다.

**보**: 보듬는 마음이 결국, 그 사람에게로 향하게 하니까.

**할**: 할 줄 몰라서 안 하는 게 아니라, 당신을 위해 참는 것이다.

**줄**: 줄이는 정도가 아니라 멈추는 일, 우리를 지키기 위해서.

**알**: 알고 있어야 하고, 반드시 실천해야 할 태도.

**기**: 기우는 것처럼 느껴져도, 양보는 결국 우리 사이의 조화를 만든다.

# 98. 은비까비의 옛날 옛적에

은: 은비랑 까비가 들려주던 옛날이야기를 늘 기다리곤
했다.

비: 비슷한 줄 알았던 이야기마다, 담긴 교훈은 서로 달
랐다.

까: 까비의 개구진 목소리는 웃음을 더해주었고,

비: 비구름을 타고 하늘을 나는 설정은 어린 마음을 설
레게 했다.

의: 의심할 여지 없이, 끝은 늘 '권선징악'으로 매듭지어
졌다.

옛: 옛날 텔레비전 프로그램들은 감동과 가르침을 함께
품고 있었다.

날: 날마다 보고 들으며, 우리가 알아야 할 이야기를 배
웠다.

옛: 옛날이 유독 그리운 건, 그 안에 친절한 배움이 있
었기 때문일 것이다.

적: 적어도 그 시절에는, 낭만이라는 이름의 여백이 분
명 존재했다.

에: 에피소드마다 스며 있던 그 감성이, 지금 피어나길
바란다.

# 99. 전화기로 네 목소리 듣고

전: 전화벨 소리가 울릴 때마다 가슴이 철렁 내려앉는다.

화: 화요일에 전화하겠다는 약속이 떠올라, 괜히 마음
이 바빠진다.

기: 기다리는 건 괜찮지만, 걱정은 쉽게 가라앉지 않는다.

로: 로맨스를 노래하는 고백은 결코 아니다.

네: 네 전화만 바라보던, 엄마 이야기다.

목: "목소리 한번 듣는 게 이렇게 힘들어서 어쩌노"라며,

소: 소리 낮춰 푸념하던 그 말이 유난히 애잔하다.

리: 리허설도 없이 전해진 그 긴장과 불안이 내게까지
번져왔다.

듣: 듣고 싶은 목소리가 늘 설렘은 아니라는 걸,

고: 고스란히 쌓인 그리움 앞에서야 비로소 알게 되었다.

# 100. 호박전, 가지전, 고구마전

호: 호주머니에 넣고 다니고 싶을 만큼, 너는 늘 내 곁에 두고 싶은 존재야.

박: 박씨를 물어다 준 제비 이야기처럼, 기적은 내게 찾아왔지.

전: 전부를 내어줘도 하나도 아깝지 않은 사람이 너야.

가: 가지런히 현관에 놓인 네 신발을 보는 순간부터, 집 안에 행복이 번지고

지: 지켜주고 싶은 마음이 사랑보다 먼저 자라났어.

전: 전생에 내가 나라를 구했는지 모르겠지만, 네가 내 딸이란 건 분명한 기적이야.

고: 고맙다는 말로는 다 담기지 않아 늘 마음이 모자라고,

구: 구름 위를 걷는 것처럼, 너와의 하루는 가볍고 눈부셔.

마: 마법 같은 선물을 받았다면, 그 이름은 바로 너일 거야.

전: 전부 기억나는 너와의 순간들이 오늘도 나를 행복에 겨워 울게 해.

## 101. 엄마 생각하면, 또 눈물 나

엄: 엄마를 생각하는 것만으로도 내 마음은 출렁인다.

마: 마음 다해 전하고 싶은 감사와 존경이 늘 눈물에 녹아 있다.

생: 생각만 해도 울컥하는 이유가, 엄마라는 이름 하나로 충분해서.

각: 각자의 삶에 녹아 들어도, 엄마와 잇는 끈은 여전히 단단하다.

하: 하루의 시작과 끝마다, 엄마를 보고 싶은 마음이 함께한다.

면: 면 소재지 그 작은 산골 마을에서 내가 만난 가장 빛나는 보석은 엄마다.

또: 또 눈물이 난다. 아무 이유 없이, 엄마를 떠올렸을 뿐인데.

눈: 눈물이 슬픔만은 아니더라는 걸, 엄마 덕분에 알게 되었다.

물: 물들어가는 세월만큼, 엄마를 향한 고마움도 깊어간다.

나: 나이가 아무리 들어도, 나는 엄마를 그 모습 그대로 간직하고 싶다.

# 에필로그

"그 기억과 마음의 온도가
당신의 삶을 데울 것입니다"

바라보지 않았다면, 만지지 않았다면, 무심코 지나쳤다면 정말 아무것도 아니었을 것입니다. 그냥 잊혔을 것이고, 마음에 남아 눈물로 흐르지도 않았을 것입니다.
그러나 바라봤더니, 따뜻하게 손잡았더니, 관심을 두었더니 생명으로 자랐습니다. 그 시선, 그 온도, 그 관심을 글로 노래했습니다. 당신이 내게 준, 내가 당신에게 준 그 사랑이 온기가 되어서 우리의 마음을 데울 거라 믿었기 때문입니다.

이 글은 내가 그리고 나를 사랑하는 사람들의 말과 마음, 삶을 그리고 있습니다. 이 짧은 글이 당신 곁에 오래 머물며 기억과 마음을 데우기를 소망합니다.

또 이 글에는 나에게 기적 같은 사랑을 준 사람들과 등대지기가 된 이들을 향한 감사와 그리움이 가득 묻어

있습니다. 그 한 사람, 한 사람에게 다가가 꽃이 되기를
희망합니다.

  소재를 생각하고 글로 쓰는 과정은 언제나 고통스러
웠습니다. 그러나 이 글들은 달랐습니다. 마냥 행복하
고, 보고 싶고, 감동이었습니다. 이 책의 독자들도 저와
같은 경험을 하기를 기도합니다. 그 기억과 마음의 온
도가 분명 당신의 삶을 포근하고 따뜻하게 데울 것을
믿기 때문입니다.

  아무리 포장해도 탈고 뒤에 오는 부끄러움과 민망함
은 피할 방법이 없습니다. 염치없지만 이번에도 너른
이해를 구합니다. 당신과 나를 잇는 더 좋은 말과 글로
다시 찾아뵙겠습니다.

2026. 03
새하얀 눈을 맞으며
김남원

열, 마음을 쓰다

초판1쇄 인쇄 2026년 04월 06일
초판1쇄 발행 2026년 04월 06일

지은이 |  김남원

디자인 |  포레스트 미우
펴낸이 |  포레스트 미우
펴낸곳 |  포레스트 웨일
출판등록 |  제2021 - 000014 호
주소 |  충청남도 아산시 탕정면 용머리길 40 유니콘101 216호
전자우편 |  forestmew@naver.com

종이책        979-11-7635-006-8



*포레스트 미우는 포레스트 웨일 출판사의 임프린트입니다

작가님들과 함께 성장하는 출판사
포레스트 미우입니다.
작가님들의 소중한 원고를 받고 있습니다.
forestwhalepublish@naver.com